KB208036

심각하고 이상한 나라 대한민국

심각하고 이상한 나라 대한민국

초판 1쇄 인쇄 2011년 06월 03일
초판 1쇄 발행 2011년 06월 10일

지은이 | 안동반도
펴낸이 | 손형국
펴낸곳 | (주)에세이퍼블리싱
출판등록 | 2004. 12. 1(제315-2008-022호)
주소 | 서울특별시 강서구 방화3동 316-3번지 한국계량계측협동조합회관 102호
홈페이지 | www.book.co.kr
전화번호 | (02)3159-9638~40
팩스 | (02)3159-9637

ISBN 978-89-6023-622-6 03810

한 중국 동포의 한국생활 체험기

심각하고 이상한 나라 대한민국

안동반도 지음

ESSAY

| 차 례 |

한국인상 I

한국에 온 지 석 달 되었다. 그동안 느낀 것을 정리하여 적어본다.

✿민주의 나라

문명하고 태도 좋고 깨끗하고 질서가 있다.
어디를 가도 "안녕하세요! 어서 오세요, 안녕히 가세요." 한다.
예절이 좋다.
어느 정부기관에 가도 제대로 완벽하게 잘해준다.
뉴스에서 봤는데, 서울 7개 구청장이 외국을 방문하고 돌아오는데,
시민단체들이 공항에서 국민들의 돈을 잘 쓰고 왔냐고 난리다.
이는 중국과 완전히 선명한 비교가 된다.
중국에서는 상상도 못하는 일들이다.
국민의 나라, 민주의 나라는 이렇구나 하는 느낌.

❀질서

시장에 가면 채소, 고기, 떡, 여러 가지 종류대로 잘 정리가 되어 있고, 더러운 곳이 없다.

차를 탈 때는 줄을 잘 서고, 횡단보도를 지나갈 때도 질서가 있다.

❀산의 나라

산이 많고, 공기가 좋다.

서울 사람은 공기가 안 좋다고 하는데 원래는 발달하여 아주 오염된 걸로 생각했는데, 와보니 도처에 나무가 많고 산도 많아서인지 그렇지 않다.

내 생각과는 완전히 틀리다.

지형은 오르막길 내리막길이 많고 남쪽으로 충남 공주시까지 가봤는데, 그냥 산속을 뚫고 가는 느낌이다.

한국은 산의 나라, 평야가 적고 산과 산 사이에 얼마 되지 않는 평원을 찾아 농사를 짓고, 마치 경구선을 타고 갈 때 강서성과 비슷한 느낌이다.

✿교복

　생김새는 남방 사람과 비슷하고 학생들은 교복을 무조건 입고 다
닌다. 교복에는 학생 이름이 있다.

✿선배, 후배

　왕의 나라. 선배 후배를 따진다.
　TV에서 뉴스를 봤는데, 태권도를 가르쳐주는 곳에서 선배가 후
배를 학대하여 몸 어디나 상처를 입은 장면이 나온다. 남녀 똑같이.
　학교 부근에서도 학생들 입에서 선배, 후배라는 말을 자주 듣게
된다. 이런 걸 보면 아직도 유교문화가 전통으로 내려오고 있다는
걸 느낄 수 있다.

✿일

　일을 해야 산다. 60이 넘어서도 운동 삼아 일한다.
　우리 고향에서는 연세가 좀 있으면 일을 안 하고 노인조에서나
활동하고 하는 게 정상이다.
　그런데 한국은 일을 안 하면 다된 사람으로 취급한단다.

50은 아직 젊은 일꾼이고 60이 넘어서도 노가다를 뛰는 사람이 많다. 70 좌우된 할머니는 허리가 다 굽어서도 길에서 파지를 줍는다.

어떻게 보면 한국 사람은 불쌍하다.

우리보다 많이 힘들고, 항상 피곤하고 빨리빨리.

❀동안

한국 사람은 젊게 보이는 사람이 많다.

여러 명을 나이를 찍었는데, 다 10년 젊게 불러줬다.

그분들은 얼마나 기뻐하는지.

나를 만나서 행복하단다.스트레스를 많이 받아 하얀 머리가 있든지 대머리가 많은 반면에 젊게 보이는 것도 하나의 특징이다.

❀물가

물가가 비싸다.

우리 고향에서는 목욕탕에서 때를 한 번 미는 데 3~10원이다.

이곳은 사우나 한 번에 5,000원, 때를 미는 건 만 원.

우리 비싼 가격에 비해도 8배 정도 비싸다.

소고기는 왜 그리 비싼지 한우는 먹기도 힘들다

2007-6-15 경기도 광명에서

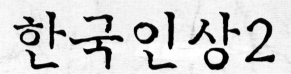

한국인상2

❀담배와 술

담배와 술은 외국 것이 많고 대부분이 영문으로 쓰여 있다.

맛은 약하다.

중국에서 한국 담배를 피워보니 맛이 없던데, 지금 이곳에서 한국 담배를 두루 피우다 중국 담배를 피우니 너무 독해서 못 피우겠다.

술은 '참이슬'을 제일 많이 마시는 것 같은데 한국 술은 도수가 20도 좌우다.

중국 술을 마시던 사람에게 한국 술은 마치 물에 술을 탄 것 같다.

보통 두 병쯤은 문제없다.

그리고 도처에 막걸리가 있어서 좋다.

우리 고향에서는 개인집에서 탁주를 만드는 건 있어도, 이처럼 상품으로 잘 되어 있는 건 못 봤다.

통일막걸리, 서울쌀막걸리, 시원하고 맛있다.

갑팔이 아저씨 얘기를 들으면 중국은 요리로 술 문화가 발달되고, 일본은 회를 먹고, 한국은 짬뽕이다.

✿여관

여관은 여인숙, 모텔, 호텔이 있다.
가격이 저렴한 것부터 고급으로.
찜질방에서 자도 된다 하고.
먼 길을 가다 길옆에 있는 여관은 펜션이라 하고, 민박도 있다.

✿종교생활

교회가 도처에 보인다.
저녁에 빨간 십자가가 얼마나 많이 보이는지 마치 천국에 온 거 같다.
부처님 오신 날은 쉬는 날이다.
이전에 누군가 한국에는 하나님으로 자처하는 사람이 30명이 된다고 했다.
기독교에서는 예수가 하나님이고, 통일교에서는 문선명, 증산도에서는 강증산, 중국에서 온 파룬궁, 가리봉에 가면 대기원이라는 신문도 있다. 이들은 리홍지가 하나님이고, 우주인의 메시지를 전한다는 라엘을 믿는 사람도 있다.

옛날에는 박 장로(박태선)가 있었고, 기독교도 순복음, 장로회, 감리교 등으로 많은 파가 있다.

성경의 하나님은 똑같은데….

20명 정도 나팔을 들고 사거리에서 큰 소리로 "예수 안 믿으면 지옥 갑니다." 외친다.

나는 처음 보기에 놀랐다.

지하철에서도 전도하는 인쇄물을 자주 주고, 몇 명씩 집집마다 다니며 신앙상담을 한다면서 전도하는 사람도 있다.

기독교가 주류를 이루고 기타 종교는 인터넷에서 보고 생활 속에서 들어보긴 했으나 실제로는 그 종교에 가입하지 않고는 도대체 뭘 하는지 알기 힘들다.

❀단위

소매점은 슈퍼라 하고 큰 상점은 마트라 한다.

근이 틀리다 .

야채, 개고기는 한 근이 400g, 돼지, 한약재는 한 근이 600g.

시장에서 물건을 팔 때 보통 저울을 안 쓰고, 한 세트에 얼마씩 판다.

예를 들어 수박은 한 덩이에 9,000원, 만 원, 오이는 한 양재기에 2,000원.

❀ 변덕

차는 오른쪽 통행, 횡단보도도 마찬가지다.
유독 전철을 탈 때 문화시민은 왼쪽.
이걸 보면 한국 사람이 얼마나 변덕스러운가를 알 수 있다.

❀ 광주시

중국에서는 현 단위는 똑같은 이름이 없는데, 여기는 광주시가
두 개다.
광주광역시가 있고 경기도 광주시가 있다.

❀ 쓰레기

쓰레기는 돈을 내고 버린다.
집에서 그냥 버리는 쓰레기도 특정한 비닐봉투에 담아서 버린다.
이사할 때 큰 물건을 버릴 때는 동사무소에 가서 딱지를 사다 붙
여야 한다.
갖다 버리면 또 주워가는 사람도 많다.

2007-6-15 광명에서

한국인상 3

❀술 취한 사람

싸우는 사람은 보기 힘든데 술이 취한 사람은 자주 보인다.

❀비둘기와 까치

비둘기와 까치가 많고 집새와 제비는 별로 안 보인다.
비둘기는 먹지 않으니 사람들 옆에 왔다 갔다 해도 안 잡는다.

❀뉴스

우리는 7시 뉴스가 제일 중요한데 한국은 9시 뉴스가 가장 인기가 있다.

이전에는 조승희, 김승연이 자주 나오고, 지금은 이명박, 박근혜가 매일 나온다.

대통령도 매일 나오는데 잘 했다는 건 없다.

❀영화

한국영화는 내용에 따라 관중 대상 나이로 분류되었다.

19, 15, 12, 7로 저녁 12시가 지나면 야한 성인 영화들이 많이 나온다.

중국에서 말하는 황색 A급 말고는 다 나온다.

조선의 옛날 영화도 나온다.

'뽕3' '변강쇠'는 옛날 복장을 입고 나오는데 참 재미있게 잘 찍었다.

일본영화도 자주 나오는데 내용은 '중년남자가 여학생을 납치해서 먼 곳에 가서 시간이 좀 지나니 정이 들어 같이 살았다.' 이런 게 많다.

외국영화도 많이 번역해서 나오고, 일정한 시간이 지나면 같은 영화가 반복된다.

❀차별

사람을 대함에 있어서 차별을 준다.

내가 서울 사람이라는 걸 강조한다. 남이 촌놈이라고 웃을까봐.

그리고 내가 입고 다니는 건 명품이라고 강조한다.

말씨는 서울말을 써야지, 그렇지 않으면 어느 지역에서 왔는가, 어느 나라에서 왔는가, 그걸 알려고 한다.

말씨와 입는 것을 봐서 불이익을 당할 수 있다고 한다.

❀국민

이건희가 말했듯이 일류의 국민, 이류의 기업인, 삼류의 정치인.

좋다는 건 '국민' 두 글자가 들어간다.

국민은행이 제일 크다.

대한민국에서 환영받는 사람은 매일 탈당을 하고 싸우는 정치인들이 아니라 국민들의 스트레스를 풀어줄 수 있는 국민가수, 개그맨 등이다.

❀25개 구와 전철

서울은 25개 구인데 절반 정도 돌아봤다.

전철은 8호선까지 있는데 3호선 말고 다 타봤다.

한국에 먼저 와서 살던 사람들을 보면 많이 냉정하게 변한 거 같다.

친척들도 그렇고.

자주 쓰는 단어 : 빨리빨리, 스트레스, 신고, 짬뽕.

2007-6-15 광명에서

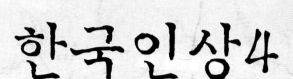

한국인상 4

❀ 내복

한국 사람은 내복을 안 입는다.
겨울이 아무리 추워도 안 입는다고 한다.
우리가 내복을 입은 걸 보면 몹시 놀라한다.

❀ 콩기름, 콩나물, 삼겹살

콩기름을 별로 안 먹는다,
콩기름이라고 파는 것도 채를 볶아먹으면 제 맛이 안 난다.
강낭기름이 아닌가 하는 사람도 있고.
콩나물은 길게 파는데 그냥 무쳐 먹는다.

콩나물을 짧게 키워 볶아 먹으면 맛이 있겠는데, 집에서 그렇게 먹으려고 해도 파는 게 없다.

우리는 돼지고기 살코기를 좋아하는 반면에, 한국 사람은 삼겹살을 최고로 생각한다.

❀빌라와 아파트

집은 빌라, 아파트가 있다.

빌라는 좀 오래된 거고, 아파트는 새로 지은 것이 많다.

잘사는 사람은 아파트에 산다고 하는데, 진짜 잘사는 사람은 고급 빌라에 산다고도 한다.

❀버스 카드

버스 탈 때는 현금을 내거나 카드를 사용한다.

보통 카드를 사용하는데, 전철과도 환승이 된다.

그러나 경기도 버스를 타고 서울 버스를 타면 환승이 안 된다.

7월 달 가면 환승된다는 말도 있다.

경기도 버스는 한 번 찍으면 되는데 서울 버스는 탈 때와 내릴 때 두 번 찍어야 한다.

한 번만 찍으면 돈이 배로 나간다.

✤TV 채널

우리 집 TV는 유선이 46개 채널이 나오는데 돈을 많이 내면 100개도 넘게 나온다고 한다.

채널은 많으나 자주 보는 건 몇 개밖에 안 된다.

영화가 얼마나 긴지, '나쁜 여자 착한 여자', '하늘만큼 땅만큼'을 중국에서 보다가 왔는데 아직도 다 안 끝났다.

또 희한하게 어버이날에는 영화 안에서도 똑같이 어버이날을 쉰다. 시간을 어떻게 잘 맞췄는지 재간이다.

한번은 '몽정기'라고 봤는데, 한국 애들이 얼마나 조숙한지 알 수 있었다.

비록 예술적으로 과장된 부분도 많겠지만, 현실적으로 둘씩 손잡고 다니는걸 보면 그럴 수도 있다고 생각한다.

또 한 번은 이효리가 군영에서 연출을 하는 장면을 봤는데, 병사들이 키스하자고 하고, 결혼도 하자고 하고, 장난도 같이하는데, 마지막에 어느 장관이 나와 병역문화를 충전시킨다 했나?

중국에서도 연예인들이 가무단을 묶어서 군대를 위로하나 식이 많이 틀리다.

병사 : 나와 결혼해.

이효리 : 다음 세상에….

병사 : 그럼 뽀뽀해

이효리 : 이리 와.

병사 : (흥분되어서 어쩔 줄 몰라 한다.)

그런데 눈을 감으라고 하고 남자 사회자가 한 번 해줬다.

후에 이효리가 진짜로 뽀뽀를 한 번 해줬다.

❀ 라디오와 면비신문

라디오는 양희은의 여성시대가 환영받는다.
생활정보로 길옆에 '벼룩시장', '교차로', '가로수' 등 면비로 된 신문이 있다.
전철 입구에도 다른 면비신문을 볼 수 있다.

❀ 보이스피싱(1)

핸드폰에는 060이라고 이상한 전화가 자주 오는데 이런 건 중국보다 더한 거 같다.
중국에서는 사기꾼들이 메시지나 보내고 말지만, 여기는 전화번호 마지막 네 자리가 바뀌면서 계속 온다.
그리고 핸드폰 번호로 무슨 통신회사의 상담원이라면서 이름과 주민등록번호를 알려달라고 한다.
잘 알고 받아야지 그렇지 않으면 속는다.

❀ 치안

치안은 아주 좋은데, 듣기로는 깡패들도 보통 시민은 건들지 않는다고 한다.

깡패들도 무슨 사업을 하느라 바쁘고, 술집이나 유흥업소들을 관리하고, 자기들끼리 이익관계가 생기는 사람들과 붙는단다.

도적놈은 술 취한 사람의 지갑을 털어간다고 한다.

❀ 경륜장

우리 집에서 언덕을 하나 넘으면 갑자기 UFO가 나타나듯이 둥그런 건물이 하나 보인다.

그게 아시아에서 제일 큰 경륜장이라고 한다.

선수 몇 명이 나와서 자전거를 타고 시합한다.

몇 분이면 끝나는데, 그 경제 가치는 몇 억도 되고 어마어마하다.

부산 경기장과 연결하여 보곤 하는데, 어느 선수를 찍어서 등수에 걸리면 돈을 N배로 딴다고 한다. 한마디로 도박이다.

놀이터도 있고 PC방도 있고 영화관도 있고, 전부 다 면비다.

쉬는 시간에는 러시아 여자들이 나와서 쇼까지 하고 분위기를 띄운다.

그 다음에 또 경기를 하고.

❀로또

로또는 토요일에 한 번씩 보는데 일등은 몇십 억도 탈 수 있다.

한국에 대해서 아직 궁금한 것이 많은데 알려주는 사람이 없다.

그냥 인터넷에서 찾아보고, 현실 생활 속에서 두루 돌아다녀보면 많이 알겠지.

내가 알고 있는 걸 글로 올리면 그나마 도움이 되지 않겠나 생각되어서 정리해 본다.

2007-6-18 경기도 광명에서

한국인상5

🌼 자연산

자연산을 강조한다.

추어탕을 먹으러 가면 '우리 집 미꾸라지는 ~에서 잡아왔습니다.' 라고 쓰여 있다.

우리 고향에서 미꾸라지는 도랑에서 잡은 거고, 대부분이 자연산 이다.

TV에서 어느 아가씨가 나는 자연산이라고 몇 번씩 강조한다.

가짜 미인이 많아서 그러나?

❀ 부자

돈이 얼마 있으면 부자인가?

고물상 아저씨 : 5억 이상이면 중산층이다.

인테리어 아저씨 : 나이를 봐야 한다. 35세에 집을 장만했으면 돈을 많이 번 것이다. 내 집이 있으면 잘사는 거다.

석유 장사하는 아저씨 : 서울에서 부자라고 말하려면 몇백 억은 있어야 한다.

전부 다 서울 사람이다.

석유 장사하는 아저씨는 목동에서 살고, 고물상 아저씨는 구로구에서 살고, 인테리어 아저씨는 관악구에서 산다.

그러니 부자라는 개념은 사람마다 다른 것이다.

❀ 살림집

한국 사람은 대부분이 자기 집이 없는데, 몇천만 원 보증금을 내고 사는 전셋집이 있고, 500 정도만 내고 사는 월셋집이 있다.

❀ 생선

한국 사람은 짐승보다 생선을 더 많이 먹는다.

처음 와서 오징어, 낙지, 주꾸미를 분간하기 힘들었다.

❀ 한강

한강은 생각보다 작았다.
한강은 강이 아니라 세상 다리다.
다리를 얼마나 많이 놓았는지 사다리라 해도 괜찮을 거다.
낚시하는 사람은 봤는데 목욕하는 사람은 없더라.

❀ 비난

교회 다니는 사람은 서로 비난한다.
어느 순복음교회 집사 : 문선명은 인간 이하다.
어느 장로회 목사 : 조용기 목사는 초등학교 수준이다. 사람은 많이 끌어들이는데, 키우지 못한다.
양떼는 많은데 살이 안 찐다는 얘기겠지.
그리고 남을 미워하는 건 살인죄라 하던데….

❀ 존경받는 역사인물

이전에 김 씨가 쓴 '한국은 없다'를 봤는데 한국에서는 공자가 아니라 공자님이라고 했다.

여기서 보니 역사인물 중에 가장 존경받는 사람은 세종대왕 같다.

여러 곳에서 세종 두 글자가 보인다. 제일 큰돈도 세종이고.

단군도 별로 말하는 사람이 없다.

대통령 중에서는 그래도 박정희가 잘했다고 한다.

새마을 운동, 중국에서도 지금 새 농촌 건설을 하는데 박 씨한테서 배웠지 않나 싶다.

❀ 이민

지방에서 서울로 진출해 사는 사람을 두루 봤다.

왜 서울에서 이렇게 힘들게 사나 물어보니 자식들이 좋은 교육 받을 기회가 생긴다고 한다.

미국으로 가려고 준비하는 서울 사람을 봤는데, 비자가 일단 나오면 하와이로 이민한다고 한다.

전에 라디오에서 들었는데, 한국 사람이 미국에서 차를 타고 물에 빠졌다.

전화를 해서 구해달라고 했는데 영어가 안 돼서!

정부에서는 그냥 실종했다고 기록.

바빠서 제일 친한 사람한테 전화했는데 너무 멀어서 끝내 목숨을 잃었다.

미국 가는 목적 중의 하나도 자식의 장래를 위해서다.

언어가 안 통하는 곳에서는 사는 게 힘들다.

베트남 직원이 악덕주로부터 봉급을 못 탔는데 한국말을 못하니 하소연하기도 힘들다.

✼돈

한국 돈은 너무 커서 탈이다.

정리를 할 때도 자릿수가 얼마나 많은지 눈이 아물아물하다.

1,000원에 살 수 있는 건 로또 한 줄, 김밥 한 줄, 닭꼬치 하나, PC방 한 시간.

만 원에 살 수 있는 건 청바지 하나, 때나 한 번 밀고.

10만 원짜리 수표가 있는데 사용할 때 신분을 밝혀야 하고 귀찮다.

5만 원과 10만 원은 2009년에 나온다고 한다.

천 원 이하는 그냥 쇠돈이고, 작은 거는 10원인데 아무것도 못 사는 것 같다.

적어도 50원에 봉투 하나.

❀동해와 남해

중국에 동해가 있고 남해가 있는데 한국도 동해가 있고 남해가 있다.

그러나 위치는 틀리다.

국제적으로 표기할 때는 문제다.

❀식당

모르는 사람들이 방에 앉아 잔칫집처럼 상을 몇 줄로 놓고 밥을 먹는다.

처음에는 기분이 좀 이상했다.

다른 식당도 있지만.

❀광명시

내가 사는 광명시는 동이 21개나 있다.

그런데 인구는 30만이 넘는다.

우리 고향에는 시 밑에 현, 진, 촌, 툰까지 있는데 여기는 시청 밑에 바로 동사무소다.

2007-6-19 광명에서

한국인상6

✿ 공짜

한국에는 공짜가 없다.

한번은 모르는 아저씨가 나보고 담배 한 대를 줄 수 없나 해서 한 대를 권했다.

한참 있더니 음료수를 하나 사주더라.

좀 기분이 다르다.

우리 고향에서는 모르는 사람끼리도 서로 한대씩 주는 건 보통이다.

그런데 이곳에 와서 보니 아는 사람끼리도 담배를 권하는 습관이 없다.

한국에는 공짜가 많다.

생활이 넉넉하지 못하면 뭔가 주을 기회가 많다.

이사하는 집들을 보면 대부분 많이 버리고 간다.

가전제품, 냉장고, 가구 등 모든 걸 주워서 한 세트 갖출 수 있다.

❀인맥

중국에서 사람과의 관계가 중요하듯이 한국에서도 인맥이 상당히 중요하다.

교통사고가 났을 경우, 내부에 아는 사람이 있을 때와 없을 때 그 결론은 많이 달라진다고 한다.

뭐 좀 하려고 해도 학벌, 출신, 선배, 후배 하면서….

❀화장실

화장실 대부분이 깨끗하다.

휴지도 준비되어 있다.

인체감응으로 된 데도 여러 곳에서 봤다.

이전에 심천공항에서 손만 대면 물이 나오고, 자동으로 되는 걸 보고 아주 발달되었다고 생각했는데 여기는 일반 마트에도 이런 장치가 있다.

❀공부

아이들도 힘든 거 같다.
공부도 해야지, 학원도 다녀야지.
태권도, 영어, 피아노를 가르쳐주는 곳이 눈에 자주 보인다.

❀왕

왕냉면, 왕돈가스, 돼지 왕갈비, 왕족발 등, 크고 많다는 뜻이겠지.

❀커피

식사 후 커피 마시는 게 습관이 되었다.
하루에 3~5번은 마신다.
이전에 회사 다닐 때도 마시기는 했으나 습관은 되지 않았다.
카페인 상용은 건강에 안 좋다 하던데.

❀일요일

일요일에는 할 수 있는 일이 많지 않다.
하나님의 거룩한 안식일이라 많은 업체들이 문을 닫는다.
밥 먹는 것 외에 정상적인 업무는 보기 힘들다.
문을 활짝 여는 곳은 교회밖에 없다.
큰 교회는 예배가 1부~7부도 있다.

❀시민단체

시민들을 위해 목소리를 내는 단체들이 많다.
중국에서는 그런 단체들이 생존할 토양이 없다.

❀철학관

일 년에 개명하는 사람이 몇만 명 된다고 한다.
오늘 라디오에서 들었다.
개명하는 원인은 사주가 안 좋아서이며 또 장래를 위해서리고 한다.
대부분이 학생이다.
한국 사람은 믿는 것도 많아서 탈이다.

하나님도 믿고, 귀신도 믿고, 점쟁이를 믿고 팔자를 고치려고 하니.

"이렇게 보는 데는 어디에도 없다. 백 번 봐도 마음에 안 들면 찾아오라."

버스 의자 뒤에 있는 광고다.

❀ 사거리

우리는 십자가라 하는데 번화하다는 뜻도 있겠다.

❀ 은행

은행이름 : 국민, 하나, 제일, 우리.

5,000만이 좋아하는 단어들이다.

❀ 연애

어느 시골에서 아저씨와 아줌마가 많이 떨어져서 일을 하고 있다.

이를 본 어느 아가씨가 커피 한 잔 들고 와서

"오빠, 오빠 우리 산에 가자."

아저씨는 일하다 말고 산속으로 따라갔다.

구름도 탔겠지, 메아리도 쳤겠지!

이것을 보고 한국에서는 연애했다고 한다.

듣기 싫게 말하면 빠구리 했다고 하고.

뒤늦게 아줌마는 뭔가 발견하고 찾아가 봤는데 일은 이미 끝나고.

그저 맥없이 둘 뒤에 덜렁덜렁 따라왔다 한다.

이 얘기는 주인공의 친구가 들려준 거다.

그 아저씨의 마누라는 속이 넓어서 그래도 말없이 같이 산다고 한다.

❀ 삼백초 연구소 할머니

80이 넘었는데 입술은 뻘겋게 발랐다.

신도 그날 꽃이 붙은 구두를 샀다고 한다.

별로 신을 일은 없지만 그냥 가지고 있다는 것만으로 만족한단다.

소원이라면 하나 있는데 태진아를 보고 싶단다.

"내가 태진아를 보면 사랑을 어떻게 하는지 아느냐고 묻고 싶다."

그래서 통화는 한 번 됐는데, 다음 공연 때 만나주기로 했다고 한다.

이 할머니는 용산구에 산다.

그 부근에서는 이름이 있다.

그의 남편은 약초를 소개하는 책을 무려 40권이나 썼다고 한다.

태진아를 지금쯤 만나봤는지는 모르겠다.

❁약방

중국에서는 일반적인 약을 약방에서 다 살 수 있다.

이곳에서는 약방에서 약을 사려면 꼭 병원에서 준 진단서가 있어야 한다.

약을 혼자서 맘대로 사먹으면 안 되나 보다.

2007-6-20 광명에서

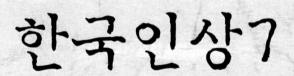

❀ 행정구역

특별시 1곳, 광역시 6곳, 도 9곳, 구 74곳, 시 74곳, 군 89곳.
도, 특별시, 광역시, 시, 구, 군, 읍(면), 동(리).

❀ 요구르트

서울우유에서 나오는 일종 suan nai다.
아이들만 먹나 했는데 손님을 접대할 때 주기도 한다.
식당에서 밥을 배달해 올 때 일 인분에 하나씩 가져오는 것도
봤다.

❀부부싸움

식당에서도 몇 번 보고 우리 부근에 사는 사람도 며칠에 한 번씩 싸운다.

한국의 이혼율은 50%가 된다고 한다.

옛날 삼신할매를 모실 때는 우리 조선여자들이 일본이나 중국에 비해 300% 고생을 많이 했다고 한다.

낮에는 애기를 업고 일하러 나가고, 집에 와서는 밥 해야지, 남편도 잘 모셔야지, 시어머니한테 시집살이도 해야지.

시집살이는 벙어리 3년, 귀머거리 3년, 소경 3년을 말한다.

한 집에 며느리로 들어왔으면 이렇게 살아야 된다는 거다.

그렇게 고생하던 사람들이 지금 와서는 역사가 발전해서 그러는지 남자들이 꼼짝 못한다.

여자들이 30이 넘도록 자유롭게 살고, 자기들이 원하는 대로 살다가 시집가고.

여자들이 많이 해방되었다.

사고방식도 많이 변하고.

'하늘만큼 땅 만큼'에 나오는 윤은주만 봐도 안다.

이전처럼 현모양처로 더 이상 살고 싶지는 않다.

내 맘대로 살고 내가 편안한 대로 살고 내 인생을 만끽하고 살 것이다.

반대로 재간 없는 남자들이 점점 불쌍하게만 보인다.

돈을 못 벌어오면 할 말도 없고.

✿ 고급 화장실

송파구청과 광명시청에서 봤다.

일을 다 보고 마사지를 누르면 쫑대가 하나 나와(신비한 섬에서 과학자가 섬을 감시하기 위해 설치한 카메라가 나오듯이) 바늘구멍에서 물살이 살살 돌아가면서 물을 뿜는다.

다른 버튼을 누르면 바람이 나오고.

설계를 잘했다.

여자들이 더 편하겠다.

✿ 숫자

중국 사람은 8자를 좋아하는데 한국 사람은 7자를 좋아한다.

7979 - 친구친구

8282 - 빨리빨리

✿ 가리봉

가리봉에 가면 중국에 관한 상품이 많다.

중국 노래도 들을 수 있고, 중국 사람도 많고.

전에 뉴스를 보니 연변깡패도 있다 하던데.

❀ 제기동

경동시장이라고도 부르고 한국에서 제일 큰 약재 시장이다.

입구가 10개나 있다고 한다.

중문도 곧잘 알아본다.

제분소도 있고.

약재 한 근(600g)을 가루로 내는 데 1,500원이다.

❀ 봉급

한국 사람은 보통 한 달에 200만 원을 번다고 한다.

네 식구가 살면 학생이 둘이 있고, 한 사람이 번 돈은 생활비에 다 들어간다.

그러니 100만 원을 벌면 아예 살기가 힘들다.

조선족은 100~150만 원이 보통인데 짜게 살아야 돈이 모인다.

우리 고향사람 중에 주방장으로 일하는 분이 있는데 270만 원 번다고 한다.

많이 버는 축에 든다.

100만 원이 8,000원 좌우된다지만 이곳에서 쓰면 1,000원 가치나 되겠나?

물가가 8배 정도 비싸니.

❁친절

도장 파는 아저씨 하는 말이 일본이나 미국에 가야 손님이 왕이
된단다.

한국은 친절한 척하지, 진짜로 친절한 것이 아니란다.

한국 사람은 그런 느낌이지만 우리는 중국하고 비교가 되기에 이
만하면 그래도 많이 친절한 셈이다.

❁적재함

우리고향에서는 화물차 뒤에 사람이 많이 탈 수 있는데 이곳은
한 사람도 못 탄다.

자주 쓰는 말 : 미치겠어, 신경 쓰지 마.

2007-6-24 광명에서

한국인상8

❀옻나무

옻나무에 닭을 해먹으면 좋다고 많은 사람들이 그렇게 먹는다.

닭을 다 먹고 남은 국물은 라면을 끓여먹기도 한단다.

옻닭을 먹고 나면 많은 사람들이 알레르기가 나타나는데 온몸에 두드러기가 나고 간지럽다.

그래도 먹으면 좋다고 하니 먹는다.

좋다는 것도 많다.

호박 먹으면 좋다, 미나리 먹으면 좋다. 뭐가 피를 맑게 한다. 등등.

좋다고 하면 무조건 먹는다.

❀ 개그맨

내가 볼 때는 웃기지도 않는데 관중들은 곧잘 웃는다.

'웃찾사'에서 어떤 여자가 나와서 혼자 중얼거리는데 도대체 뭔 말인지 알아듣기 힘들다.

❀ 1,000원 가게

중국에서 1원짜리 가게나 2원짜리 가게처럼 모든 물건이 1,000원이다.

❀ 한국산과 중국산

한국산이 제일 좋다
토종이 좋다.
소고기도 한국에서 나온 건 한우라고 비싸다.
외국에서 들어온 건 많이 싸고.

중국산은 나쁘다.
한국산이 A급이면 중국산은 D급이나 된다.

갑팔이 아저씨가 하는 얘기다.

여기서 말하는 중국산은 한국에 들어온 걸 말하지, 중국의 최고 상품을 말하는 건 아니다.

중국산은 짝퉁이 많다.

❀신토불이

우리 땅에서 나온 농산물이 우리 몸에 제일 좋다.

들으면 맞는 거 같은데, 확실한 근거가 있는지는 모르겠다.

어쨌든 농민들한테는 좋은 일이다.

농산물을 살 때는 우선 한국산을 고려하니.

이런 사상이 사람들 머릿속에 깊이 스며들면서 뭐니 뭐니 해도 우리 것은 무조건 좋다.

농산물도 그렇고, 차도 그렇고 모든 게 우리 것이 제일 좋다.

사람들이 다 이렇게 생각하면 우리 경제도 좋아질 것이다.

외국 것은 될수록 사지 않으니까.

❀장애인 우선

큰 공공장소의 화장실이나 엘리베이터에는 장애인의 공간을 특별히 마련하였다.

장애인 전용이 따로 있다.

❀ 호칭

작은 기업에서는 '미스터 김' 하고, 큰 기업에서는 '김 형' 한다.

우리는 나이 이상인 사람에게 형이라 하는데….

이전에 전자회사에서도 과장이 나이 어린 대리에게 성에다 '형'자를 붙여 존경어를 사용했다.

그리고 우리는 "저 물건을 갔다 달라." 이렇게 말하는데,

한국 사람은 "저 물건 좀 갖다 줄래?" 하고 물어보는 식으로 말한다.

전화하다 기분 나쁘면 전화를 놓는다고 하는데, 한국 물을 먹은 조선족 두 사람은 상대방에게 "전화 끊어!" 한다.

❀ 음료수

박카스, 비타 500, 비타 700 등 종류가 다양하고 많다.

여자들은 '미에로 화이바'를 좋아한다.

❀ 낚시

한국 분들 중에 낚시를 특별히 즐기는 사람들이 많다.

시간만 있으면 차를 몰고 부근의 저수지를 찾아간다.

과림동 저수지는 만 원을 내면 하루 할 수 있다.

낚시에 흥미가 없는 한 사람은 "하루 종일 앉아서 무슨 재미일까?" 한다.

TV에는 낚시 채널도 있고 낚시 시합도 자주 있다.

❀ 여행

낚시하는 사람은 차를 몰고 다니고, 여행하는 사람은 배낭을 메고 전철이나 버스를 타고 다닌다.

시간만 나면 어린애를 데리고 놀이터를 가거나 어느 곳에 한 번씩 가보고 온다.

어떤 회사는 일 년에 한 번씩 여행 계획이 있다.

이전에 중국에서 한국 아저씨가 하는 얘기를 들어보면 남이 갔던 곳을 가봐야 된다는 거다.

누가 설악산에 가봤다면 나도 무조건 설악산은 꼭 가봐야 한다.

설악산보다 더 좋은 데 갔다 와도 별로 더 좋은 기분은 없는 모양이다.

남을 따르려는 그런 게 있다.

✿언어

영어를 많이 쓰는데 많은 말들은 알아듣기 힘들다.

우리만 그런 것이 아니라 한국 사람도 마찬가지다.

세종대왕이 훈민정음을 반포했을 때 양반계층은 비웃었다고 한다.

그래도 대국의 한자를 써야 보람 있는 일이고 도리가 있는 것처럼 생각한다.

우리글은 깔보고.

지금도 이와 좀 비슷한 느낌이다.

아무리 영어가 세계어라 해도 왜 우리말은 가만 놔두고 영어만 고집하는지.

왜 문화침략을 스스로 달갑게 받을 수 있는지?

같은 말을 영어로 전달하려고 애쓰고, 남이 못 알아들으면 내가 수준이 높은 것 같고.

언어라는 자체가 서로의 의사소통이 잘되기를 위한 것이 아닐까?

우리말로 표현하기 어려울 때 외래어를 써서 우리말을 보충하면 뜻이 있다 싶은데 남은 높여주고 우리는 스스로 비하하는 것이 우리 민족의 큰 문제가 아닐까?

남의 집 연지를 빌려다 내 얼굴에 바르면 빛이 날까?

2007-6-27 광면에서

한국인상9

❀ 소세지

소세지 종류도 많은데 그중에 오징어 소세지가 제일 맛이 있다.

❀ 이산가족

KBS에 전문적으로 사람 찾는 프로그램이 있다.

찾는 사람이 사연을 소개하고, 어떤 것은 짧은 영화로 시청자들에게 보여주기도 한다.

나중에 두 사람이 만나서 부둥켜안고 울고.

어떨 때는 사람은 이미 저세상에 가고 사진만 들고 나오기도 한다.

언제부터 이산가족이 생겼는지.

이전에 전쟁으로 인해 갈라진 사람도 많고.

❀ 해태

일종의 길상물이다.

우리 고향에 보면 사자를 돌이나 석고로 만들어 대문 양쪽에 세운다.

해태는 처음 보는데 한국에서는 아주 중요한 길상물이다.

❀ 사랑에 대한 오해

인성이의 사랑은 이상이었다.

지현이의 사랑은 현실이었다.

우리는 항상 새로운 사랑과 이별을 위해 준비해야 한다.

이전에 어느 사이트에서 본 광고다.

❀ 노숙자

이전에 전철역에 가면 노숙자가 많다고 들었는데 눈에 별로 보이지 않았다.

경기도에는 노숙자가 400명 가까이 있다고 하는데 대부분이 기도원이나 교회에 산다고 한다.

정부에서 노숙자의 자활을 위해 꾸린 기업도 있고,
'짜로사랑' 두부를 만들어 파는 노숙자 대표도 있다.
노숙자도 정신을 차리고 노력을 하면 정상적인 인생 궤도를 다시
찾을 수 있다.

❀다르다, 틀리다

우리는 뭐가 다르다 하면, 한국에서는 뭐가 틀리다 한다.
우리가 틀리다 할 때는 정확하지 않다고 해석해야 하는데….
우리가 '머저리' 하면 한국에선 바보라고 한다.
머저리란 말은 이전에 썼다고 한다.

❀100만과 10억

중국에서 100만 원이 있으면 살아갈 수 있듯이 한국에는 10억이
있어야 그럭저럭 살아갈 수 있다.
특별히 잘사는 것도 아니고.
그만큼 돈이 있고 다른 수입이 있어야 살아가는 데 크게 힘들지
않다.

100만 원은 중국 돈을 말하고 10억은 한국 돈을 말한다.
비교하면 8배 정도 차이가 난다.

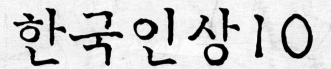

한국인상 10

❀ 도량형

7월부터 법정 도량형을 시행한다.

길이, 넓이, 부피, 무게 단위를 통일시킨다.

평소에 자주 쓰던 근이라든가, 평(면적)이라든가 하는 말은 이제
는 사용금지 단위로 되고 법정 계량단위만 써야 한다.

m, ㎡, ㎥, km, g, kg 등.

변화가 되었어도 우리하고 읽는 법이 다르다.

메터는 미터, 평방메터는 제곱미터, 립방메터는 세제곱미터, 그람
은 그램, 키로그람은 킬로그램.

법적으로 변화가 되었지만 아직 사람들 머릿속에는 옛날 기억이
남아서 오랜 시간을 거쳐야 차츰차츰 바뀔 것이다.

이런 걸 보면 참 이상하다.

중국은 한국에 비해 낙후하지만 이런 건 상식으로 학교에서 이미

다 배웠는데, 선진국인 한국은 무슨 궁리하다 이제야 이런 기본적인 문제를 다루는지.

✿ 다단계판매

면접을 보러 종각에 갔다.
"금방 팀장 승진식이 있어서…"
마중 나오는 사람이 하는 얘기다.
내가 사무실에 들어가니 다른 칸에서 음악이 나오고 난리법석이다.
벽에는 팀장들의 이름이 가득히 붙어 있었다.
얼마 안 가서 떼어내고.
"되는 대로 살고 닥치는 대로 살자."
벽에 있는 글자다.
이건 아마 분위기를 띄우는 한 가지 방법일 것이다.
면접을 보러 오는 사람이 보면 와! 분주하고 뭐가 되는가보다, 이런 느낌을 주도록.
사무실은 꽤 컸는데, 책상이 유별나게 많았다.
이상한 건 컴퓨터는 한 대도 없었다.
왜 없냐고 물어보니 자기는 컴맹이고 컴퓨터 있는 사람도 몇이 된디고 한디.
그리고 본부장 이름은 얼마나 많았는지.
나도 며칠만 있으면 '장'자를 붙여줄 것 같았다.

"우리 회사는 직원이 16만이고 계열사는 8개, 조금 후 회사에 관한 강의를 들으세요."

면접관의 얘기다.

드디어 강의를 두 시간 들었다.

우리 회사는 환경업체인데 정수기도 하고….

이 안에서 작은 절목들이 몇 번 있었는데 그중 하나만 얘기한다.

이전에 뉴스에서 봤는데 어느 발마사지에서 손님이 발을 담그면 한참 있으면 물이 노란색으로 변했다.

업체의 이론은 손님의 나쁜 독소가 발마사지를 함으로써 밖으로 나왔다.

전문가들이 후에 똑같이 실험했는데 이건 전기와 금속이 물속에서의 일종 반응이었다.

여기서도 전기를 물속에 꽂고, 물색이 노란색으로 변하니 우리가 매일 먹는 물은 원래 저렇게 나쁘다고 해석했다.

모르는 사람은 다 속을 것이다.

강의를 다 듣고 언제부터 출근하느냐고 물어보니 연속 3일 듣고, 입사해서 이틀 더 듣고, 나중에 국장과 본부장, 본인이 상의해서 어느 부서로 가는지 결정한단다.

이튿날 충정로에 갔는데 똑같은 이름의 다단계 회사였다.

문 앞에 남녀 둘이서 지켰는데 누가 소개해서 왔는지 물었다.

전화하고 면접 보러 왔다고 들어갔더니 책상이 한 40개 정도 있었다.

다른 칸에서는 무슨 미팅을 한다고 법석이었다.

이제는 경험이 있어서 나왔다.

서울에는 사기꾼들이 버글버글하다.

좋은 건물에 넥타이를 척 매고 양복을 입고 뭐 제대로 하는 사람 같은데….

나이는 40~60도 넘었다.

할렐루야, 이 불쌍한 영혼들을 하루빨리 구해주세요!

한국사람 : 위하여!

대만사람 : 호오따라!

중국사람 : 깐버이, 깐!

2007-7-10

한국인상11

✿외국어

　우리 민족의 제 일 거주지에 사는 사람들에게는 영어, 일어, 중국
어 순서대로 중요하다.

✿니트족

　15~34세 사이의 학생도 아니고 직장인도 아니면서 그렇다고 직업
훈련을 받지도 않고 구직 활동을 하지도 않는 무리. 또는 그런 사람.

❀ 웰빙족

육체적, 정신적 건강의 조화를 통해 행복하고 아름다운 삶을 추구하는 사람들.

웰빙은 '복지·행복·안녕'을 뜻하는 말이다.

못산다, 힘들게 산다

김삿갓 : 이사장은 못살아요?

뽈떼기 : 못산다고 하면 실례지, 그저 힘들게 산다고 말하지.

김삿갓 : 그럼 힘들게 산다고 말하면 다 못사나요?

뽈떼기 : (웃으면서) 다 그렇지도 않아.

❀ 칭찬받는 사람과 존경받는 사람

김삿갓 : 이렇게 일하면 존경받을 수 있어요?

고물상아줌마 : 존경받을 수는 없지만 칭찬은 받는다.

고물상아저씨 : 노숙자들은 진짜로 대한민국에 아무런 도움이 안 된다.

일을 열심히 하면 칭찬받는다.

직업이 좋고 사회위치가 높으면 존경받는다.

이는 어느 나라도 마찬가지다.

*본문에 나오는 "김삿갓"은 필자 본인이다.

❀ 명함

명함을 보더니 "아주 높으신 분이구만." 한다.
어느 사장의 입에서 나오는 말.
명함에는 의사라 적혀 있었다.

❀ 남자

남자는 법대와 의대만 나오면 된다.
그 다음엔 불알만 크면 된다.
조 사장이 7년 전에 한 말이다.

❀ 이마트 회원카드

우리 고향에는 회원카드가 있으면 물건을 살 때 직접 할인해서
계산이 된다.
이마트 회원카드는 물건을 1,000원 이상 사는 경우 점수를 딴다.
포인트가 1,000점을 넘을 때 돈을 바꿀 수 있다.

✿ 사랑

해 뜨는 나라 : 아이시떼루!
해가 지지 않는 나라 : 아이 러브 유!
중간에 사는 나라 : 워 아이 니!
북극곰의 나라 : 야 류브류 쩨뱌!
조용한 아침의 나라 : 사랑해요!

2007-7-11

한국인상12

제 일 거주지에 영향 주는 한국 사람들

〈여자〉

❀신사임당

50000원 권 뒷면에 그의 그림 '수박과 여치'가 있다.
현모양처의 귀감이 되는 조선중기 서화가.
이렇게 훌륭한 사람을 한국 와서 알게 되였다.
중국에 사는 동안 우리 민족사에 대해 아는 건 너무나도 없었다,
이런 느낌이다.

❀박근혜

박정희 대통령의 딸로 유명하고 현재 한국에서 제일 큰 노처녀. (56세)

대통령 꿈을 꾸고 열심히 사는 그 모습.

이미지가 깨끗하고, 욕심이 없고, 부모의 심정을 모르고, 이렇게 평가가 나오고 있다.

허 사장은 투표권이 있으면 박근혜를 뽑으라고 했다.

"대통령만 잘 뽑으면 한국은 살만한 나라다."

허 사장의 말씀이다.

❀김경란

"아홉 시 뉴스에서 뵙겠습니다."

청순한 모습, 매일 나오기에 알았다.

❀최진실

이전에 연예인 중에 수입이 제일 높다고 알고 있었는데 목소리가 듣기 좋다.

'착한 여자, 나쁜 여자가 왜 이렇게 긴가 하니,
"최진실이 나오는데 반년은 해야지."
갑둘이의 말이다.

❀ 한명숙

한국 역사에서 처음으로 나온 여 총리.
이전에 국회의원들의 답변을 하는 걸 보니 역시 대단한 존재다.

❀ 김연아

피겨 요정으로 불린다.

골프에서 이름난 여자들이 많은데 일등 말고는 한국에서 다했단다.
난 그런데 하나도 몰라.

❀ 하리수

본명 이경은.
남자에서 여자로 변해 유명하다.

❀ 황진이

명기로서 죽었지만 영화에서 부활한 것 같다.

〈남자〉

❀ 세종대왕

조선 제4대 왕으로서 현재 한국에서 가장 존경받는 사람.
훈민정음이라는 우리 민족의 글을 주도하여 창조하였으니 그의
이름은 우리 민족과 영원할 것이다.

❀박정희

대통령 중에 가장 추대받는 사람.

반대하는 사람은 토비라고 하지만, 그래도 한국의 기초는 박 씨가 닦았다고 한다.

100년에 한 명 나오는 인물이란다.

❀정주영

재벌 1세의 가장 훌륭한 대표.

통일에도 기여를 하고.

"시련은 있어도 실패는 없다."

그로 인해 생긴 말이다.

"경제 구단이 정치 구단을 이기지 못한다."

❀이건희

재벌 2세의 대표.

"마누라와 자식 빼곤 다 바꿔라."

이 회장의 말.

누군가가 미국이 망하면 세계가 망한다고 했는데, 갑팔이 아저씨는 삼성이 망하면 한국이 망한단다. 제일 큰 기업이니 중요하다는 말이겠다.

❀ 박지성

축구를 잘한다.

❀ 김승연

아들 싸움에 직접 나선 사람.

보통 사람이면 뉴스가 안 될 건데 이 사람은 한국 10대 그룹에 들 수 있는 회장이다.

일이 어떻게 됐든 간에 자식을 무척 사랑하는 마음은 진짜겠다.

❀ 조승희

미국 사람을 제일 많이 죽인 한국계 이민.

비극이지만 그래도 미국 사람은 이성적이었다.

✤ 김대중

대통령 꿈을 실현한 사람.
노벨상을 처음으로 탄 우리 민족의 일원.

✤ 꿈

사람은 누구나 다 꿈을 꾸고 있다.
자기 꿈을 실현한 사람은 자아가치를 실현한 사람이다.
많은 사람들이 소원을 풀지 못하고 죽는다.
안데르센도 마찬가지다. 평생 꿈만 꾸던 사람이다.

훌륭한 사람이 되려면 먼저 훌륭한 사람을 알아야 한다.
김삿갓의 말이다.

위에 등장한 인물들은 내가 현재 알고 있고 생각나는, 한국에서
'처음, 가장, 유명, 특별'과 연계되는 사람들이다.

2007-7-11

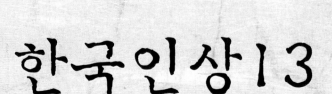

한국인상13

❀ 사이트

한국 사이트는 종류가 많은데 우리는 주민등록증이 없어서 회원으로 가입하기 힘들다.

'네이버'와 '다음'이 제일 인기가 있다.

나의 블로그는 이 두 사이트와 '야후코리아' '엠파스'에도 있다.

블로그 효과는 '엠파스'가 제일이다.

'다음'은 핸드폰만으로 가입이 가능하고 기타 세 곳은 신분 확인을 안 한다.

원래는 '다음'이 제일 인기가 있었는데 '다음'의 일부 주식이 일본 사람이 가지고 있다 해서 그런 소문이 나고부터 '네이버'가 일 위를 차지했다고 한다. 맞는지는 모르겠다.

❋ 전화카드

중국으로 전화할 때 9,000원짜리 카드하나 사면 4시간을 칠 수 있다.

어떤 사람은 전화비용이 비싸서 국내로 전화하기 힘들다고 핑계를 대는데 성의만 있으면 얼마든지 친다.

그 잘난 돈이 아까워서 인정이 점점 멀어지는 거다.

일 년에 연락을 한 번도 하기 싫어서.

❋ 삼계탕

보신에 좋은지 복철이라 한창 인기가 있다.

천의 사거리에서 처음 삼계탕을 먹었는데 8,000원.

맛은 괜찮았다.

이전에 심천에서 아침에 닭다리 하나, 우유 하나, 빵 두 개를 먹었는데 삼계탕이라 해서 별로 생각은 없다.

❋ 김가네

식당 이름을 성을 따서 '~가네' 하는 게 가끔 보였다.

김, 김밥, 김치, 김하늘, 김우주, 김삿갓, 김사랑, 김포.
김땅은 없는 것 같다.

❀아르바이트 하는 고등학생

요즘 한국은 방학을 했다.
학생들이 주유소에서 가끔 일하는 걸 봤다.
한번은 고등학생 둘이 일하는걸 보고 돈을 얼마나 벌었는지 물어봤다.
오후 5~12시까지 하는데, 넉 달을 하고 280만 원을 벌었단다.
어디에다 쓰는지 물어보니 강원도에 유람 간단다. 3일 동안.
후에 그중 한 아이의 어머니가 차를 몰고 와서 주유하고 갔다.
잘 사는 집안인데 애들이 참 기특했다.
둘이는 아마 여행을 갔을 거다.
또 한 여자애는 돈 벌어서 피아노를 사려고 한단다.
자립해서 돈을 좀 버는 걸 보면 우리 옆에는 부모가 한국 가고
어디 가고 하면 돈을 물 쓰듯 하는 애들이 얼마나 많은지.
우리한테는 그런 돈 벌 기회가 별로 없지만 그래도 교육방식은
많이 다르다.

❀ 벅스뮤직

한국 사이트 9위.

이따이따 이따요 ㅣ 장윤정

당신은 못 말리는 땡벌 (땡벌) ㅣ 강진

풍선 (Balloons) ㅣ 동방신기 (東方神起)

마이동풍 ㅣ 배치기

꽃(New Ver.) ㅣ 장윤정

하늘위로(Remix) ㅣ Lexy (렉시)

많은 노래가 넘쳐 흘러나온다.

메일로 하니 회원가입이 가능하다.

위 노래는 현재 유행하는 것도 있고, 한국 왔을 때 들은 것도 있다.

2007-7-20 광명에서

한국인상 | 4

❀ 스타일

　메뚜기 : ~은 내 스타일이 아니다

　지렁이 : 너는 사람보고 일하냐?

　김삿갓 : 소장님, '내 스타일이 아니다.'가 무슨 말입니까?

　소장님 : 그 말은 나는 축구 좋아하고, 다른 사람은 음악 좋아하고. 취미가 별로다.

　염소 아저씨 : 그 말은 대상이 틀리면 뜻이 달라진다. 애인, 친구, 직장동료 등 다 뜻이 다르다.

　김삿갓 : 한마디로 나하고는 맞지 않는 사람이다.

✿서비스를 판다

김삿갓 : 기름은 똑같은데 값은 왜 이렇게 비싸요? 손님이 이렇게 물어볼 때는 어떻게 답해요?

사장 : 우리는 기름을 파는 것이 아니라 서비스를 판다. 우리의 상품은 다른 주유소보다 질이 좋다. 그 외에 여러 가지 서비스가 있다. 말 한 마디에 천 냥 빚 갚는다고, 말도 잘해야 한다. 기름은 어디나 다 있다. 우리가 파는 건 기름이 아니라 손님들이 원하는 서비스다.

✿자전거 운동

자전거 전용 모자를 쓰고 운동하는 사람이 자주 보인다.

✿확실한 걸 보여 달라

허 사장 : 그 이사는 돈은 문제가 안 되고 확실한 걸 보여 달라고 한다.

김삿갓 : 성의가 있고 믿을만한 걸 보여 달라 이런 뜻이겠지.

❀대가리

내가 배운 바로는 짐승을 가리켜 대가리라 하고 사람은 머리라고
쓴다.

그러나 한국은 반대가 되는 경우가 많다.

누구 대가리는 좋다. 똑똑하다는 말을 그렇게 한다.

소머리, 닭머리, 심지어 고기머리.

❀反向

언젠가 내가 경운기를 한 번 몰아본 적이 있다.

평탄한 길에서는 왼쪽을 당기면 왼쪽으로 가고 오른쪽을 당기면
오른쪽으로 간다.

그러나 내리막길을 갈 때는 왼쪽을 당기면 오른쪽으로 간다.

이걸 보고 反向이라고 한다.

그날은 차를 구덩이에 박았다.

몰 줄 모르는 것도 있고 차가 낡은 원인도 있다.

제 일 거주지 사람들의 머리가 反向이 아닌가 싶다.

❀언니

　신한카드를 광고하는 아줌마가 여학생에게 언니는 나이가 안 돼서 카드를 신청 못 한다고 한다.
　오래전에 영화에서 남자가 여자보고 언니라는 말을 듣고 이상했는데….

❀삼촌

　총각을 부르는 말.
　두 사람(아줌마)이 이렇게 말하는 걸 들었다.

❀아저씨와 이 친구

　장가간 사람에게는 아저씨.
　서로 편한 사이에도 이 말을 쓴다.
　이 친구라는 말도 들어보았다.

❀ 지방

서울만 벗어나면 지방이다.
지방에 내려간다는 말을 많이 쓴다.
시골에 간다고 깔보는 말은 없다.
서울은 곧 중앙이고 다른 데는 지방이고 시골이다.

❀ 티슈

물티슈, 지갑티슈, 곽티슈, 미용티슈가 있다.
화장지라고도 하는데 종이라고 말하면 못 알아듣는다.

2007-7-29 광명에서

한국인상15

❀ 개와 고양이

내가 사는 부근에는 큰 개가 두 마리 있다.

한 마리는 좀 큰 슈퍼에서 사는데 매일 카운터 옆에서 잠만 잔다.

어쩌다 일어나서 주인이 주는 소세지나 먹고, 주인의 친구가 오면 반갑다고 꼬리를 흔들고

나가기도 하고 손님에게는 짖지 않는다.

개는 면상이 길고 여주인을 닮았다.

또 한 마리는 보통 저녁에 나오는데 주인 남자 옆에 앉아 있다.

주인은 머리를 쓰다듬어 주고.

또 많은 사람들이 작은 발바리를 좋아하는데 애기처럼 안고 다니기도 하고 옷도 입혀준다.

TV를 보니 동물병원에서 마사지도 하고 수영도 한다.

사람이 하는 건 다하는 것 같다.

고양이는 부근에 한 마리가 왔다 갔다 하는데 별로 좋아하는 사람이 없는 것 같다.

❀아들과 딸

전번에 청호에 갔을 때 김 씨가 한 말이다.

딸 둘을 낳은 사람은 금메달,

아들 하나, 딸 하나는 은메달,

아들 하나는 목메달.

차를 타고 다니는 걸 보면 보통 애가 둘 셋이다.

애를 많이 낳을수록 정부에서 지원한단다.

❀사업하다 망했다

김삿갓 : 이전에는 무슨 일을 했어요?

이 시장 부인 : 이전에는 원단사업을 했는데 IMF때 일이 안 돼서 그만 접고 지금 하는 걸 시작하고.

김 사장 : 원래는 사무실도 차리고 잘나갔는데 백화점 공사를 하

다가 부도가 나서….

　염소 아저씨 : 이전에는 장사를 했소. 뭐 과일장사, 야채장사….
그러다가 교통사고로 한 번에 망했어.

　순 아줌마(조선족) : 한국 사람은 다 무슨 사업하다 망했다고 한
다. 사업 안 했다는 사람이 없다.

　김삿갓 : 이전에 뭘 해도 했겠지. 지금보다 그때가 더 그리운지.

❀2차 서비스

　대리운전이 늘고 있다.

　TV에서 봤는데 아가씨 기사가 주인을 집에까지 모셔다 주고 하
는 말이 "2차 서비스도 가능합니다."

❀레스토랑

　지렁이는 레스토랑에서 일했다고 하는데 처음 듣는 단어다.

　사전을 찾아보니 일반음식점이라 하는데 그래도 잘 모르겠다.

❀ 홀 서빙

중국에서는 복무원이라 하는데 이곳은 홀 서빙이라고 한다.

❀ 휴가

요즘은 가족들이 모여서 휴가를 간다고 바쁘다.

때가 되면 벚꽃(사쿠라) 보고,

때가 되면 주꾸미 먹으러 가고,

때가 되면 삼계탕 먹고,

때가 되면 휴가를 가고.

그래서 7~8월은 휴가철이라 집에는 종자가 없단다.

한국인상16

❋ 사형

인터넷을 보면 한국에 사형이 있는데 형식이 말로는 김대중이 올라와서부터 없어졌다 한다.

❋ 미성년법

한국에서는 만 20세를 성년으로 하는데 미성년은 못하는 일이 많다.

못 가는 장소도 많고, 담배와 술을 살 수 없고, 피시방도 가지 못하고 등등.

❋원조교제

일본 다음으로 많다고 한다.
진실한 예를 하나 들려달라고 하니 그냥 지나갔다.

❋땜빵

대신 일을 나가는 것을 '땜빵한다'고 한다.

❋왜지

이곳에서는 '자두'라 하는데 검색해보니 '왜지'는 평안도, 함경도
말이다.

❋스승의 날

선생은 있어도 스승은 없다.
올해 뜨는 말.

❀차

대부분이 국산인데 제일 많은 건 현대차.
제일 비싼 건 에쿠스(EQUUS)라고 한다.

❀단어

꽃사슴 : 싸이코 또라이
꽃뱀 : 남자를 유혹하는 여자
꽃미남 : 아주 잘생긴 남자
해피타임 : 즐거운 시간

8월, 매미의 계절

❀여가수

이미자, 주현미, 장윤정.
시대별 차이가 난다.

이미자는 인터넷에서 알았고, 주현미는 이전에 한국에서 중국으로 가져온 가요무대 테이프에서 봤고, 장윤정은 심양에서 위성 TV로 처음 봤다.

❀ 도적, 강도, 사기꾼

중국에는 도적놈, 강도가 많은데 비해 한국에는 사기꾼이 많다는 느낌.

도적은 눈치가 빠르고 손을 쓰고, 강도는 담이 크고 힘을 쓰고, 사기꾼은 입을 놀리고 머리를 굴린다.

도적과 강도는 눈에 띄게 하고 실제적이고 이내 손실을 보지만, 사기꾼은 암암리에서 하고, 허위적이고 나중에 알게 되고, 크게 손실보거나 인생이 망할 수도 있다.

정치 사기꾼, 종교 사기꾼….

어쨌든 사기꾼은 지력상수가 높고 도적과 강도보다 한 단계 위다.

자주 쓰는 단어 : 심각하다.

2007 8 26

한국인상17

❀ 벌초

추석 전 한 달이나 두 주일 전에 무덤 위에 풀을 베러 간다.

한국은 아직도 토장을 주로 하고 화장하는 비율은 20~40% 된다고 한다.

평소에는 잘 대하지 않다가 죽으면 잘 모신다고 들었다.

후레자식이 많고.

전번에 뉴스에서 봤는데 한 집에 불이 나서 부모는 잠들어서 자고 아들이 어머니는 구해냈지만 아버지는 잠들어서 깨어나지도 못하고 아들이 건물 밖에서 "아버지! 아버지!" 하고 수도 없이 부르다 자신도 불에 떨어졌다.

아버지는 결국 잠들어서 저세상에 가고 아들은 병원에 입원하게 되었다.

한국에도 효자는 있는 것이다.

가족들 간에는 그래도 인정이 있다.

❀배달

우체국 외에도 택배 퀵서비스가 있다.
퀵서비스가 제일 빠르다.
물건을 오토바이에 실어 제일 빠른 속도로 목적지에 갖다 준다.
택배는 종류도 많고 경쟁이 심한데 수수료를 물건 받는 사람이
내기도 한다.

❀머니온 매출전표

주유소에서는 신용카드를 긁고 펜으로 사인을 한다.
그런데 구로 애경백화점에서 전자 사인을 하는 걸 처음 봤다.
체크카드를 처음 사용해 보았다.

❀느낌

벌써 한국에 온 지 반년이 되었다.
느낀 건 피곤하다, 힘들다, 냉정하다, 시간이 없다.

한국 사회는 안정된 시스템으로 잘 돌아가고 있다.

자주 쓰는 단어 : 이상하다, 그 누구는 많이 이상해졌어.

2007-9-16 광명에서

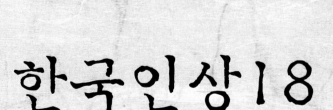

한국인상18

✿ 추석

한국 사람들의 큰 명절이다.

우리는 월병을 먹지만 한국 사람들은 송편을 먹는다.

중국식품점에서 월병을 살 수 있다.

어렸을 때는 월병을 맛있게 먹었으나 지금은 맛이 없다.

서울에 있던 사람들이 지방으로 가서 집에서는 차례를 지낸다.

그리고 산에 있는 산소를 찾아 성묘를 한다.

제사를 집에서 한 번, 산에서 한 번 지낸다.

가족들이 한 번 모이고 다시 불이 나게 서울로 돌아온다.

이번 추석 때 70여 명이 교통사고로 죽었다 한다.

제사는 어떤 가치가 있는지 모르겠다.

산 사람이 죽은 사람을 위해 피곤하게 사는 게 무슨 의미가 있는지.

TV에서 보니 '한국의 집'이라는 데서 할머니 할아버지 한 분씩 나와 제사상을 차리는 방법을 국민들에게 가르쳐 주는데, 내 느낌은 마치 무덤에서 나온 사람들 같았다.

민족의 전통을 지키는 것이 좋은 점도 있겠지만 유교문화를 이 정도로 고집해서 무슨 필요성이 있는지 모르겠다.

한쪽으로는 현대차를 만들면서 한쪽으로는 무덤을 파고 참 이상한 나라다.

어떻게 현대문명과 옛날 옛적이 이렇게 어울려서 존재할 수 있는지.

❀멸공

하루는 주유소에 차 한 대가 왔다.

뻘건 글자로 '멸공'이라 쓰고 차 위에는 나팔이 있었다.

기사한테 물어보니 요즘 한국 청소년들이 공산주의에 관심이 많아 공산화를 막아야 한다는 것이다.

나중에 이런 차가 주유소 앞을 여러 번 지나가면서 선전하는 것을 봤다.

한국과 중국이 정치제도가 틀려서 그러는지, 아니면 우호국가가 아니어서 그러는지.

가리봉에서는 대기원이라는 신문을 무료로 볼 수 있다.

❀새터민

'새로운 삶의 터전을 찾아 북한을 나온 사람들'이란 뜻으로 탈북
자를 새롭게 부르는 말이다.

❀국군의 날(10. 1)

형제끼리 싸운 날을 기념일로 정한 나라.
비극의 민족, 정말 비극이다!
누가 이날을 정했는지 미개하기 그지없다.

❀민방위훈련

일정한 시간에 한 번씩 연습하는 것 같다.
오후 두 시쯤 15분 정도.
길에서 경보소리가 나고 차는 몽땅 멈춰 있다.
무슨 훈련 항목이 있는지는 모르겠다.
시간이 하도 긴장해서 그때그때 써야 할 내용들이 많이 밀렸다.

뉴스 인물 : 신정아, 변양균.

2007-10-19

한국인상19

❀ 메신저

우리는 한글로는 메신저를 하고 중문으로는 QQ를 하는데 한국에는 '네이트온'과 '버디버디'가 있다.

애들은 주로 '네이트온'에서 논다고 한다.

❀ 유행

"유행은 부산에서 시작한다."

최 씨가 하는 말이다.

부산에서 시작하고 서울에는 나중에 들어온다고 한다.

무슨 유행이든지.

❀ 전철 입구

전철 입구에는 '노컷뉴스, 메트로, 포커스, Am7, Zoom, 스포츠
한국, 시티신문"
일곱 가지 무료신문을 볼 수 있다.
그중 노컷뉴스에 자료가치가 있는 글들이 많아 나는 자주 본다.

❀ 비

올해는 비가 특별히 많이 와서
논에 벼가 싹이 튼다고 하던데
농민들은 손실이 많을 것 같다.

❀ 인물

반기문 : 우리 민족으로서는 처음 유엔 사무총장.
심형래 : 영화감독. '디워'를 찍고 한창 잘 나가는 것 같다.
박태환 : 수영선수. 잘나가고 있다.

애들이 자주 쓰는 말 : 아! 진짜, 나 열 받아, 병신아.

2007-10-19

한국인상20

❀ 거짓말

한국 와서 얼마 안 돼 라디오에서 들었는데 한국 사람은 평균 하루에 거짓말을 세 번 한다고 한다.

❀ 물낭비

주유소에 오는 손님들을 보면 생수 한 병을 그대로 버리는 경우가 많았다.

물이 풍부한 나라도 아닌데 유효기간이 지나지 않은 생수를 그대로 버리다니.

❀비보이

한국 사람이 춤을 잘 춘다고는 이미 이름났다.
이명박과 정동영 후보가 그들에게 춤을 배우는 걸 봤다.
한국은 비보이 선진국.

❀놈현스럽다

'기대를 저버리고 실망을 주는 데가 있다.'
현재 대통령 이름을 따서 만들어낸 단어.

❀수능시험

11월15일.
우리나라와 대학을 치는 날짜가 틀리다.

❀ 렉카

구로 소방서 앞에서 사고가 자주 발생하는데, 견인차를 한 번 불러주면 10만 원을 벌 수 있다. 불러준 견인차가 사고차량을 끌고 가는 경우에.

❀ 외국인을 가리키는 말

짱깨 : 중국 사람
양키 : 미국 사람
쪽발이 : 일본 사람

❀ 여자애들이 하는 말

ㄱ : 저 보조개 있어요!
ㅅ : 이 쌍년아!
ㅇ : 아구창 조낸 틀림!
ㅈ : 여자는 스타킹으로 버틴다!

김삿갓 : 그들은 머리가 약하나, 공통점은 경제 머리를 굴리고 있

었다. 다른 사람을 이용하려고 노력하고, 웃음하나나 동작하나도
뭔가 계산을 하고 있었다.

✿이쁜이

김(49) : 대구 아가씨가 예쁘다. 서울애도 예쁘고.

임(29) : 지방 여자애들이 참하고, 서울 애들은 싸가지가 없다.

2007-11-25

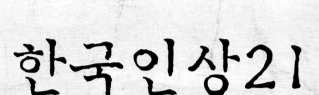

한국인상21

✿추위

추운 줄 모른다.
한국 여학생들은 일 년 내내 치마를 입고 학교에 간다고 한다.
지금도 스타킹에 치마를 입고 책가방을 메고 학교에 가는 모습을
자주 본다.
어떤 젊은 아가씨들은 다리를 그대로 내놓고 다닌다.
추운 줄 알면서도 멋이 더 중요한지.

주유소의 젊은 친구 하나는 거지패션을 입는다.
바람이 바지구멍으로 숭숭 들어가는데도
추위를 안 타는지 안에는 내복도 안 입는다.

❀ 선거 차

대통령 후보들이 등록을 마친 이튿날부터 아침 출근 때 보니 차에 TV가 달렸고, 노래가 꽝꽝 나온다.

무슨 좋은 광고 효과를 보는지 모르겠다.

귀에는 요란스럽기 그지없었다.

원래부터 이런 식으로 선거를 했는지.

익숙한 노래에 후보이름을 넣어서 반복해 불러주는데 소음으로만 느낄 수밖에 없었다.

❀ 장명복의 하루

18세 남.

한양학원에 다니면서 주유소에서 아르바이트를 한다.

아침 8시 일어나서,

9:30~13:30 학원공부,

14:00~23:00 주유소 일하고,

1시에 잠자고.

하루에 4시간 공부, 9시간 일하고, 7시간 자고, 4시간 기타.

18세에 이렇게 고생을 하다니!

한국 사람은 너무 힘들다.

❀단속

드문드문 무슨 단속이라고 있다.
그때그때 진짜로 잡기도 하고 형식적으로 지나가기도 한다.
단속기간 내에는 사람들이 조심한다.
걸리면 뭐 벌금이요, 뭐가 있으니.

❀원더걸스

국내가수 5인조.
그들의 노래가 유행하고 도처에서 들린다.

2007-12-2

한국인상22

✿언어

서울말을 써야 한다.

어디서 왔어요? 이북에서 왔어요? 연변에서 왔어요?

한국에 온 지 반 년 정도 될 때 이렇게 물어보는 손님이 많았다.

나의 말씨를 강원도라 찍는 사람이 가장 많았다.

한국에 온 지 일 년이 지났지만 서울말은 배우지 못했다.

그냥 서울말을 써야 된다고 생각은 했지만 잘되지는 않고 그대로 편하게 원래 말에 존경어를 많이 쓰면서 손님들에게 최대한 공손한 모습을 보여주려 노력하고 있다.

서울말이 표준어라 하지만 사투리가 많이 섞여 있었다.

소고기는 쇠고기, 2010년에는 2010년께 등.

❀제야의 종소리

새해 첫날이 밝는 자정,

서울 종로 보신각에서 제야의 종을 33번 친다고 한다.

❀분노의 나훈아

여러 가지 요언[1]으로 나훈아가 기자회견까지 열었다.

한국 사회는 사람을 미치게 만든다.

연예인들은 사생활이 공개될까봐 제일 무서워한다.

국민들의 연예인에 대한 호기심,

이런 호기심을 만족시키기 위해 여러 가지 뉴스도 만든다. 글이

주목받기 위해서.

❀한국 생활하면서 힘든 부분

한국에 온 지 일 년이 넘었다.

너무너무 힘들고 피곤했다.

시간이 얼마나 귀하고 귀한지, 숨 쉴 여유가 없는 것 같다.

---

1)인심을 혼란하게 만드는 요사스러운 말.

한국 사람의 성격이 얼마나 변덕스러운지.

손님 : "3만 원 주유하세요." 했다가 10초 안에 "5만 원 주유하세요." 하고 바뀐다.

이런 손님이 매일 있다.

한국 사람의 이런 성격은 이해하기 힘들다.

한국을 떠나기 전에 답을 찾을지 모르겠다.

어떻게 보면 또라이 같고,

어떻게 생각하면 이런 특이한 성격이 한국의 빠른 변화를 가져왔는지?

이전에 삼성전자에서 일할 때,

벽에다 PC를 연계하는 구멍 하나를 내는데,

설계도에서 마지막 작업이 완성될 때까지 20번은 고쳤다.

작업하는 직원이 미칠 정도다.

종 부장이 오면 이렇게, 김 경리가 오면 저렇게, 방 과장이 오면 또 이렇게….

❁예의

강조하는 것이 너무 많다.

그래도 중국이 이런 면에서는 간단하고 편하고 좋은 것 같다.

❀일

평생 해야 하고 많이 해야 한다고 생각한다.

내 생각에 일은 죄인이나 하거나 기계가 할 수 없는 부분을 사람이 부담해야 한다고 생각한다.

뭔 일을 평생하고 살아?

그렇게 열심히 해도 집 한 채 못 사고 살면서.

왜 사람이 힘들게 살아야 된다고 생각하는지.

유태인들은 향수하기 위해 산다고 한다.

젊었을 때는 일을 좀 해도 괜찮지만 늙어서는 편안히 놀아야 한다고 생각한다.

한국 사람은 숨 떨어질 때까지 일한다.

불쌍하기 그지없다.

❀운동

태권도를 봐라.

어떻게 만들었는지 평생을 배워도 다 배우기 힘들다.

❀ 제사

많이 하는 집은 일 년에 몇십 번 있다고 한다.

❀ 먹고 노는 방식

조선족도 중국에서 이런 식으로 따라가고 있다.
뭐 1차에서 2차, 5차까지도.
중국 같은 경우는 그래도 이튿날도 쉬는 날이기 때문에 괜찮지만,
한국은 이렇게 힘들게 먹고 놀고도 이튿날에 제때에 출근해야 한다.
이런 걸 보면 한국 사람은 참 재간이다.

❀ 사건

태안 기름 유출사건.
2007년 12월 충청남도 태안군 만리포에서 발생.

❀앙드레 김

본명 : 김봉남

직업 : 패션디자이너

업계에서 아주 유명하다.

자주 쓰는 단어 : 아싸, 쭉쭉빵빵.

2008-3-23

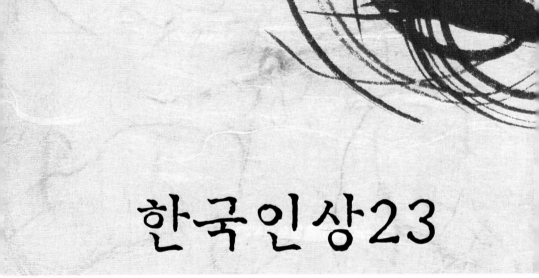

한국인상23

✽MB 유행어

고소영 : 고려대 +소망교회 +영남지역 출신

고소영 S라인 : 고소영 +서울시청 인맥

고소영 T라인 : 고소영+테니스 인맥

강부자 : 강남에 사는 부동산 부자

어린쥐, 리켱숙, 베스트 오후 베스트 : 리경숙을 가리키는 말.

형님 인사 : 최시중이 이재오를 형님 대접한다.

국민 형님 : 최시중

(국민 여동생 오빠에 이어 형님이 생겼다고 한다)

❀ 당

당을 만들기 좋아한다.

중국의 정당은 오래 가는데 비해, 한국 사람이 만든 당은 수명이
아주 짧다.

여러 나라들의 공산당들은 몇십 년이 보통인데 한국은 몇 달 가
는 당이 보통이다.

당 하나 만드는 것도 아주 쉬운 일같이 보인다.

오늘은 누가 무슨 당 만들고, 내일은 또 누가 무슨 당 만들고.

작은 주유소를 봐도 파벌이 있다.

어떻게 보면 재미있고, 어떻게 보면 사람을 힘들게 만든다.

다 같이 잘 지내겠다는 생각이 없다.

새로 온 사람을 항상 밀어주려고 한다.

고참으로 살기 원하는 그런 부류를 보면 참 그 인생들이 답답하다.

소장파, 총무파, 또 사장까지 파가 있다니,

ㅎㅎㅎ, 도대체 웬일인지, 처음 해보는 일이라 잘 모르겠다.

❀ 말뚝정신

"최 회장" 한테서 들은 말이다.

이 직장에서 2년 일했다고 말뚝이라 자처한다.

결국 그 말뚝은 뿌리채로 뽑혀버렸다.

❀회장

회사를 하나 가지면 사장이고, 여러 개 가지면 회장이라 간단히 알고 있는데, 한국 학교에서는 반장도 회장으로 고쳐 부른다 한다.

왜 이렇게 됐을까?

나는 중국 사람만 권력에 대한 욕심이 가득한가 했더니, 한국 사회도 똑같거나, 그러한 욕심이 더 많다는 것이다.

❀대통령

중국에서는 총리가 아니라 성장이나 현장을 해도 꽤나 우러러 보는데, 한국은 꼭 대통령을 해야지, 총리는 누가 쳐다보지도 않는다.

식당에서 들은 말인데, 대통령 한 번 하면 1000억(한화)은 벌 수 있다고 한다.

그래서 그러는지 한국을 보면 보통 서민들은 밥 먹고 살기 위해 숨쉬기 바쁘게 일만 열심히 하고 살지만, 머리고 좀 있다는 사람들은 전부다 정치를 하려고 하고, 정치인이 이미 된 사람은 대통령을 꼭 하려고 한다.

미국을 봐도 대통령 후보는 두 명에서 서로 토론을 하고 경쟁하고 하는데, 한국에서는 저번에 경선에서 후보가 12명이나 나왔다.

앞에 세 명까지는 그래도 한번 해보자고 나서는 게 괜찮겠다고 생각하지만 나머지는 전부 다 낭비다.

국민들도 힘들고.

❀ 허풍

대통령 후보 중 허경영이란 사람이 나왔는데 참 재미있었다.

무슨 여러 가지 신선술을 안다고 하거나, 박근혜하고 결혼한다고도 말한다.

어떻게 대통령으로 나선 사람이 이렇게 할 수 있는지 궁금하다.

❀ 약수터

이전에 고향 사람이 한국 사람은 산의 물만 먹는다고 하던데, 사실은 한강 물을 주로 먹고 산다.

한강 물을 정화시켜 수돗물로 나오고, 수돗물을 끓여서 보리차로 마신다.

또 하나는 역시 한강물이 수돗물이 돼서 직접 정수기에 연결하여 정수기 물을 먹는다.

양천구에 계남공원 우름바위 약수터라고 있다.

약수터 물이 좋다고 해서 가봤는데 그 물을 먹기는 무척 힘들었다.

처음에는 몇 번 떠왔는데, 후에 두 번은 물이 안 나와 포기했다.

어떨 때는 물이 오염될 가능성이 있다고, 어떤 처리를 해야 한다고 마시지 말라고 권고하는 패쪽이 걸렸다.

말 들기로는 어떤 아줌마는 원래 수돗물 먹고 배가 아팠는데, 약수터 물 먹기 시작해서 좋아졌고, 또 어떤 이는 콩나물을 수돗물로 키우면 잘 썩고 죽는데, 약수터 물로 하면 한 뼘씩 잘 큰다고 한다.

내가 처음 약수터 물을 퍼 와서 냉장고에 넣으니, 물의 온도가 별로 변하지 않는 것 같았다.

보리차는 아주 차가운데, 약수는 며칠 지나도 별로 차갑지 않았다.

착각인지 모르겠다.

❀곰돌이의 말

전라도 여수에 가서 돈 자랑 말고,
순천에 가서 얼굴 자랑 말고,
벌교에 가서 주먹자랑 말라.

❀ 이명박

새로운 경제 대통령.

한국 와서 처음 듣는 이름인데, 노점상에서 회사 사장으로, 서울 시장으로, 대통령으로.

사회 밑층에서 최고층까지 오른 사실이 가정 배경도 없고 인간의 승리라 한다.

2008-3-29

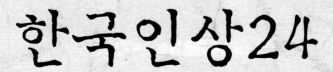

한국인상24

❀ 얌체

회사에서는 '얌체형'이 성공한다고 한다.
우리 고향에서는 '여수'라 하고, 연변사람을 가리켜 '짼내비'라 한다.
얌체는 한국 와서 처음 듣는 단어다.

❀ 숭례문

2008년 2월 10일, 불에 타버렸다.
600년이 넘는 국보 1호가 순식간에 무너졌다.
민족 자존심도 무너지고.
이런 걸 보면 한국은 아직 시스템이 잘 갖춰진 나라가 아니다.

❋봄 방학

2월 중순에 하는데, 기간은 10여 일간이다.
한국은 방학이 세 개다.
봄 방학, 여름 방학, 겨울 방학.

❋황사

우리 고향에서 황사가 오면 몽골에서 왔다고 하는데, 한국에는
중국에서 왔다고 한다.
벌써 서울에서 여러 번 봤다.
황사가 지나가고 나면 세차가 불이 난다.
차 위에 모래먼지가 얼룩점으로 수없이 많다.

❋4.9 총선

국회의원을 뽑는데 국민들은 정치에 별로 관심이 없었다.
아직도 지역 특징이 강하게 나타나고 있다.
한나라당은 영남, 민주당은 호남, 자유 선진당은 충청.
신라와 백제는 아직도 싸우고, 언제가 끝인지….

이래서 통일은 언제 될까.

민족이 단결하지 않으면 세계에서도 구석구석에서 살 수밖에 없다.

❀소녀시대

9인조 여성 가수 그룹.

인기가 한창 있고 잘나가는 것 같다.

❀이소연

한국항공우주연구원 우주인.

2008년 4월 8일 오후 8시 16분 39초(한국시간), 한국 최초의 우주
인이 되었다.

2008-4-12

한국인상25

❀조류인플루엔자 [鳥類毒感, pathogenic avian influenza]

4월 초, 전북에서 발생해 35일 만에 제주도를 빼고 전국으로 확산
되고 있다.
닭과 오리가 650만여 마리가 살처분이 되었다.

❀성추행

안양 이혜진·우예슬 양 납치·살해사건과 일산 초등생 납치미수
사건 등으로 한동안 한국사회를 불안하게 하였다. 지금도 실종된
아동들이 많다. 법적인 제도와 부모들의 강한 보살핌이 필요하다.

❀ 초련

ZY : (작년 18세, 여자애) 저는 14살부터 이성 친구를 사귀었어요.

김삿갓 : 그때는 뭘 했나?

ZY : 그때는 손잡고 떡볶이나 먹으러 다녔어요.

김삿갓 : 언제 뽀뽀를 처음 했나?

ZY : 15살 때 처음 다른 반의 오빠와 뽀뽀해봤어요. 17살 때는 남친의 오토바이 뒤에 타고 다니고. 지금까지 다른 애들은 50명을 사귀었다면, 저는 5명밖에 사귀지 않았어요.

김삿갓 : 참 대단하다. 중국은 아직 너무 낙후해 보이네.

김삿갓 : 언제부터 연애했어?

SH : (올해 17세, 여자애) 저는 10살 때부터 연애했어요.

남친이 있었는데 학교에서 엽기 춤을 한 번 추고부터 남친이 저를 떠났어요.

김삿갓 : 나이가 어릴수록 점점 속도가 더 빨라지네. ㅎㅎㅎ

지금 애들 하는 말이나 행동을 보면 상상을 초월한다.

❀ 촌스러운 한글

김삿갓: 소장님, 왜 현대차에 현대라고 한글을 안 썼어요?

소장 : 영어를 써야 수출을 하지. 한글은 촌스러워서 누가 안 알아줘.

김삿갓 : 우리 한글이 왜 촌스러워요?

소장 : 영어하고 비교하면 그렇게밖에 안 되지.

김삿갓 : 참 비참한 현실이다. 한글도 영어처럼 세계화가 되어야 하는데.

만 원짜리에는 세종대왕이 그려있으나 우리 스스로 한글을 깔보고 있다.

영어를 중시하는 건 맞지만 우리 한글을 세계화시키면서 우리 문화를 세계로 전파해야 한다.

❀ 한국 문화

한국 문화는 씹 문화다. (~과장)

❀ 이건희

출생 : 1942년 1월 9일

출생지 : 대구광역시

직업 : 국내기업인

전 삼성전자 대표이사 회장.

재벌 2세에서 가장 유명한 대표다.

삼성을 20년 이끌었다 하는데 이번 삼성비자금 문제로 시작해서
회장직을 사퇴하였다.

2008-5-13

한국인상26

❀ 눈 깜짝할 사이에 코 베어 간다

서울에는 사기꾼이 하도 많아 항상 조심해야 한다.

한 아줌마는 주유를 시작해서부터 세차장까지 들어가는데, 그
짧은 시간에 거짓말을 네 번이나 했다. 세차를 공짜로 하려고.

몇 년 전에는 한국 사람 한 명을 보면 참 귀하게 생각했는데, 지
금은 매일 많은 사람을 보지만 저 사람들은 다 허위적인 영혼들이
구나, 하는 생각뿐이다.

가끔 열심히 참하게 사는 사람을 보면 참 기쁘다.

❀ 짭새

경찰을 이르는 말이며 곰이라고도 한다.
경찰은 국민들 마음속에 좋지 않은 존재다.

❀ 미소녀와 담배

김삿갓 : 요즘은 왜 여자애들까지 담배를 피우지?
곰돌이 : 담배를 안 피우면 왕따를 당한대.
하루는 퇴근 후 여자애들 세 명이 따라왔다.
SH : 아저씨, 담배 좀 사줘요.
마일드 세븐(MILD SEVEN) 세 갑, 파리아멘트(PARLIAMENT) 한 갑.
손시늉을 하면서 말하는데 참 재미있더구만.
한 번쯤은 사주기로 했다. 미성년자에게는 담배를 팔지 않는다.
내가 담배를 안 피우니 가다가 이름을 까먹어서 다시 돌아와 이
름을 한참 더 배웠네. ㅎㅎㅎ. 어이가 없지.

❀ 대연각 육개장

중국집인데 아직 한 번도 안 가봤지만 거의 매일 이 집의 밥을 먹

고 산다. 다 맛있는데 그중에서도 육개장이 최고다.

　이틀에 한 번은 먹는다. 배달하는 청년도 열심히 사는 모습이 참 보기 좋았다.

✿ 공덕이 많습니다

　가끔 길을 걷다가 엉뚱한 사람이 막으면서 "공덕이 많습니다." 하고는 한참 물끄러미 쳐다본다.

　나중에 알아보니 돈을 주면 대신 절에 갖다 바친다고 한다.

　사실은 다 사기꾼이다.

2008-5-13

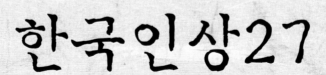

한국인상27

✿데모

3월 13일 광명시장 부근에서 데모가 있었다.

난생처음 내 눈으로 본다.

천막 하나 치고 나팔이 달린 차가 있고 차에는 '전노련 광명서부 지역'이라 써졌다.

경찰도 몇십 명 출동했다.

천막에는 '생존권을 보장하라, 투쟁으로 사수하자. 대책 없는 노점단속 즉각 중단하라.' 라는 글이 붙어 있었다.

이튿날에 천막 안에 한 사람도 없었다.

천막만 남고 며칠 지나니 또 사람이 들어가 있고.

시위는 보장되어 있으나 문제는 별로 잘 해결되는 것 같지 않다.

❀누가 제일 고약한가

많은 조선족들이 한국에 왔다 가면 한국 사람을 욕한다.

한국 사람은 이렇고 저렇고.

한국 와서 머슴으로 일만 하다 갔으니 좋은 소리도 못 듣고 갔겠지.

악덕주를 만나고.

내가 일 년을 살아보니, 가장 덜 되먹은 인간들은 한국 국적을 딴 조선족이었다.

그들은 우리 눈에 중국 사람이었으나 국적이 있다 해서 한국 사람 행세를 하며 친척이나 형제로, 혹은 아는 사람한테 돈을 벌려고 애쓴다.

다름 아닌 한국 국적을 이용해서 사람이나 초청하고 그걸로 돈벌이를 하는 거다.

말 듣기는 한 사람한테 500만 원을 받는다고 한다.

한국 사람들 눈에는 그냥 중국 사람이지만 그들은 우월감을 가지고 뭐 투표권이 있니 없니 하며, 여러 가지 행세하는 꼴을 보면 진짜 국적을 주지 말아야 한다.

진짜로 한국에서 평생 살겠다면 모르겠는데, 어떤 이는 한국에서 10년 살고 다시 중국으로 돌아간단다.

그냥 한마디로 "박쥐의 두 마음" 이다.

또 다른 사람 앞에서 중국 사람이라고 말하면 뭐 크게 잘못한 것처럼 기분 나빠한다.

중국 사람이 그렇게 값이 없냐?

중국 사람으로 몇십 년 살다간 인간들이….

❀ 여자와 남자

한국 남자한테 여자라는 개념은 오직 놀잇감이었다.

그들은 종래로 여자를 존중할 줄 모른다.

아마 내 가족에 있는 여자 말고는 다른 집 여자들은 몽땅 기생이나 됐으면 하는 것 같다.

그냥 내 느낌이다.

한국 여자 눈에 보이는 남자는 그냥 일만 하고 돈을 갖다 주는 사람이다.

돈을 주지 못하는 남자는 내 남편일지라도 저리 가라 한다.

우리 옆집에 사는 남자는 어느 회사에서 경비를 하는데, 한밤중에 집안싸움을 했다.

경찰까지 왔는데, 들어보면 아내와 딸이 자기를 왕따 시켰단다.

돈을 얼마 못 버니.

그리고 돈만 충분히 준다면 한국 여자는 바지를 시원하게 잘 벗는다.

이것도 그냥 내 느낌이다.

❀ 숫자

2424 : (이사이사) 이사 회사

2058 : (20대 오빠) 핸드폰 뒷자리

8949 : (팔고사고) 부동산

❀실용과 변화

이명박 대통령이 중점으로 얘기한 건데, 내가 봤을 때는 한국 사람들은 이기주의자다.

누구를 막론하고 이용할 가치만 연구하고 감정이 별로 없거니와 변화는 빠른데 머릿속의 생각은 10초 안에 바꾼다.

자주 쓰는 단어 : 끝내준다.

2008-6-11

한국인상28

✿ 고유가 시대

2008년 7월 14일

등유 1,570~1,650원, 경유 1,987~2,029원, 휘발유 1,997~2,039원.

우리 주유소의 경유와 휘발유 가격이 2,000원 선을 넘었다.

다른 주유소는 이미 넘은 데가 많다.

저번 주에 이어 한 주일에 가격을 또 한 번 올렸다.

2008년 5월 22일

경유 179~1,897원, 휘발유 1,847~1,899원.

경유가 하루에 100원 오르는 것은 이 주유소 역사상 처음이란다.

경유가 휘발유 가격보다 비싼 현상도 나타나고.

따라서 이 시기 손님들이 가격에 제일 민감했다.

그 후에는 계속 오르니 감각도 떨어졌다.

기름 값이 계속 오르면서 서민들 생활은 점점 어려워진다.

빵도 1,000원짜리가 1,200원으로 오르고 버스에도 사람이 많아졌다.

❀촛불집회

2008년 5월 2일 서울 청계광장에서 제1차 촛불집회를 시작해서 아직도 끝이 없는 것 같다.

1,700여 개 시민사회단체가 연대한 국민대책회의가 촛불시위를 이끄는 형태지만 실제 시위를 만들어가는 주체는 자발적으로 모인 시민사회 구성원들로 청소년과 대학생, 30~40대 평범한 회사원, 주부, 가족단위 등이 참여한다.

미국산 소고기문제로 시작해서 문제가 갈수록 복잡해지고 있다.

❀화물연대파업

6월 13일에 시작해서 6월 20일 결속.

그나마 자기들의 목표를 완성했는지 한 주일간 투쟁으로 파업이 끝났다.

한국에는 무슨 파업이 그리 많은지, 무슨 시민단체가 그리 많은지 알 수가 없다.

❀ 금강산 피격사건

7월 11일, 한국의 한 여행객이 금강산 구경을 갔다가 북한군의 총격에 의해 숨졌다.

아직도 한국 정부는 문제를 풀지 못하고 답답해하고 있다.

❀ 라디오에서 들은 말

돈이 없고 빽이 없으면 줄이라도 잘 서야 한다.

도마뱀 : "전라도 사람은 앞에서는 간 빼주는 척하고 뒤에서는 뒤통수 깐다."

전라도 사람 두 명을 알고 지내봤는데 문제점이 많다.

전라도 사람이 강한 건 사실이다.

우주인도 나오고 정치인도 나오고 일본천황도 나온 것 같다.

2008-7-14

한국인상29

❀휴가

7월 27일부터 8월 7일까지 차가 많이 밀린다고 한다.

한국 사람은 매년마다 7월 말에서 8월 한 달 사이에 휴가를 간다.

❀미래 희망직업

초등생들에게 조사가 있었다는데 미래 희망직업이 70%가 대통령
이란다.

한국에서는 대통령 말고는 할 게 별로 없는 거 같다.

❀중앙차로

개봉사거리에서 동양궁전 방향으로 처음 보는 도로다.
'중앙차로버스전용 24시간 전일제'라고 길바닥에 쓰여 있다.
버스나 긴급차량은 편하겠지만 차를 탈 때 아주 불편하다.
처음 타는 사람은 어쩔 바를 모른다.

❀시간과 바다

한국과 일본은 같은 시간을 쓰지만 일본은 해가 반 시간 정도 빨리 진다고 한다.
한국은 대신 매일 반 시간 일을 더 할 수 있다.
일 년이면 일을 얼마나 더하겠는가?
자연적으로 주어진 경쟁력이란다.
일본은 사면이 바다고 한국은 3면이 바다고 바다가 하나 적다.

❀독도는 우리 땅

일본에서 또 독도문제를 꺼내자, 한국 국내는 술렁거리기 시작했다.
민주당과 한나라당은 독도에 서로 가겠다고 한다.

민주당은 작년에 계획이 있었다고 하고,

한나라당은 갈라면 같이 가자고 하고,

민주당은 치사해서 같이 안 간다고 하고.

ㅎㅎㅎ

결국 두 당은 다 독도에 갔다 왔다.

애국심 표현도 경쟁을 해야 하나?

❀저 도도해요?

LBB : (작년 18세) ㅇㅇ님 저 도도해요?

의자에서 몸을 뒤로 젖히며 ㅇㅇ님이 쉰 참에 나왔을 때 물어보는 말이다.

김삿갓 : 처음 듣는 단어인데, 대충 그런 뜻인지 알았다. 한국 애들이 밝아졌다는 건 알고 있었는데 이 애를 보고부터 깜짝 놀랐다. 이 정도인지는 몰랐다.

ZHM : (작년 18세) 나 국제 미인이다. 내 인기는 국제선을 넘었다!

어느 외국 손님한테 예쁘다는 칭찬 한마디 듣고 흥분되어서.

자주 쓰는 단어 : 짱, 꼴통

2008-8-3

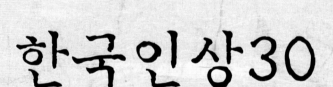

한국인상 30

❀ 은행카드

한국 사람이 쓰는 카드는 몇십 가지나 된다.

세계에서 두 번째로 많은데 평균 1인당 4개를 사용한다.

은행 외에 삼성이나 롯데 등 큰 회사도 카드를 발행한다.

은행카드는 보통 직불, 체크, 신용 세 가지다.

직불카드를 사용할 때는 비밀번호를 입력해야 하고 체크카드는 사인하면 된다.

신용카드는 중국은행에서는 가능하겠지만(직장확인서를 제출해야 한다.) 한국의 여러 은행에서는 만들기 힘들다.

뭐 한국인 보증이 있어야 하고, 평잔이 300 있어야 하고 등등.

또 필요성을 느끼지 못했다.

우리한테는 체크카드가 제일 적합하다.

❁내 인생에 묵념

나는 작년 7월부터 올해 7월까지 주유소에서 일 년 동안 일을 3714.44시간 했다.

하루 24시간으로 나누면 일 년에 154일을 넘게 한 셈이다.

이렇게 부지런히 산 적이 없다.

병식이 : 내 인생에 묵념

김삿갓 : 왜?

병식이 : 썩었으니까!

김삿갓 : ㅎㅎ, 그런 거 같기도 하고.

한국 사람은 이렇게 사는 걸 정상이라고 생각하니 어째쓰까?"

❁박사 마을

강원도 춘천시 서면에 있는데 박사가 많이 나오기로 유명하다.

한 곳에서 박사가 100명이 넘게 나왔으니.

❁축지법

한국 사람은 축지법을 믿는다.

옛날에 귀신둔갑술 중 하나인 거 같은데, 짧은 시간에 큰 공간을
왔다 갔다 할 수 있다.

❀폭주족

광복절 기간 폭주족이 많이 나오리라 생각했는데 그리 많지는 않
았다.
오토바이를 길에서 제대로 타지 않고 교통질서를 요란스럽게 하
는데 다 모이면 천대까지 될 수 있다고 한다.
중요한 날마다 나온다고 한다.

❀탈당

중국에서는 탈당이라면 공산당을 떠나는 것으로 당에 대한 배신
이고 그 사람의 정치 생명은 끝난 것이다.
그런데 한국에서는 아주 평범한 일이다.
한나라당에서 탈당해서 친박연대를 만들고, 또 복당해서 다시 한
나라당원이 된다.
또 이 당에서 저 당에 갔다가 타산이 안 맞아 떨어지면 또 돌아
오고.

이랬다저랬다 하는 그 변덕스러운 성격이 숨김없이 드러난다.

그래서 한국의 정치판은 개판이다.

친미 아니면 친일.

한 번도 제 목소리를 제대로 낸 적이 없다.

2008-9-4

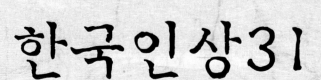

한국인상31

🏵️조상 묘소를 찾아서

8월 13일, 나는 큰 소원을 하나 풀었다.

우리 시조님을 찾아 절을 했다.

조상 묘소는 안동시 서후면 성곡리 천등산에 있다.

천 년이 넘었지만 조상님의 시신이 아직도 무덤 속에 있다는 것이 참 대단하다.

안동 권씨 회관에서 한 분의 안내를 받고 많은 얘기를 들었다.

많은 집안은 조상의 시신이 없어 그냥 단을 짓고 그곳에 절을 하는데, 우리는 조상님이 진짜 있어 자부심을 느낄 수 있단다.

또 나처럼 한국에 왔지만 뿌리를 찾는 게 참 대단하다고 칭찬을 아끼지 않았다.

더구나 젊은 청년이 찾는다는 건 만 명에 한 명 있을까 말까 한단다.

❀한국 사람의 인생관

나만 잘살면 된다.

한국 사람의 인생관이다.

나라고 민족이고 나하고는 모두 상관없고 나만 잘살면 된다.

서민들은 밥벌이를 하기 위해 쉴 새 없이 일하고, 부자들이야 외국에 가서 골프를 쳐도 되고 뭐 걱정이 있나.

나라의 총리가 직접 나서서 외국 소고기가 좋다고 광고하는 건 처음 보는 것 같다.

정치인들은 제 욕심을 채우느라 정신없다.

❀PC방

피시방은 두 가지가 있다.

일반 피시방은 주로 게임이나 채팅을 하고 음악을 듣는다.

또 성인 PC방이라고 있는데 그 안에는 한 대에 칸막이 하나씩 하고 온통 황색 동영상이다.

일반 PC방은 한 시간에 1,000원, 성인 PC방은 5,000원.

✿애들은 뭐하나

먹고, 놀고, 술, 담배, 가발은 유행이고, 문신도 한다.

좋은 애들도 있겠지만 내가 본 애들은 이렇다.

내가 알고 있는 고등학생들을 보면 꿈이 없어 그냥 세월만 보내고 있다.

한국은 아직도 식민지인데, 우리 민족은 아직 통일이라는 역사과제가 남았다.

하여튼 먹고 살기도 바쁜데 누가 그리 많이 걱정하겠나?

내가 너무 이념적으로 살아서 그러나?

ZHM (작년 18세) : 저는 일 년에 남친을 20명 넘게 사귀었어요.

김삿갓 : 그래 많이 사귀어서 다 뭘 했나?

ZHM : 그냥 먹어주고 털어주고 그랬어요.

ZYL (17세) : 니 그 얼굴에 어떻게 갸하고 놀아?

김삿갓 : (친구도 얼굴보고 사귀어야 하나?)

2008-9-12

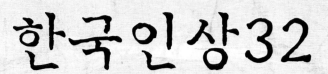

한국인상32

❀ 멜라민 사건

9월에 중국에서 문제가 터지기 시작해서 지금도 계속 문제가 되고 있다.

인간의 생명은 무시하고 경제이익만 추구하는 자들, 법적 징벌을 받아야 한다.

❀ 두 가지 성경

내가 심천교회에서 한 번 읽은 성경과 달리 또 다른 성경이 있다는 걸 알았다.

천주교에서 보는 성경은 구약이 46권인데 내가 한 번 본 건 39권이다.

신약은 같고.

왜 7권이나 빠뜨렸는지 시간이 되면 좀 더 알아보아야겠다.

❁ 화가

화가는 남다른 생각을 하는 존재다.

'한국사 전'에서 나혜석을 봤는데 화가에 대해 다른 생각이 들었다.

그녀는 그 시대를 초월했고, 남녀평등을 주장했으며, 또한 그로 인해 비극적인 일생을 살아야만 했다.

나혜석은 위인이며 존중의 대상이 되어야 한다.

이 시대를 비판하는 사람이 많이 나와야 우리 시대가 빨리 발전할 수 있다.

❁ 고시원 방화 살인사건

20일, 서울 논현동에서 생긴 일.

6명 죽고 7명이 다쳤다.

또 하나의 비극이 생겼다.

살인자 한 사람 문제가 아니라 한국 사회 전체가 문제 있다고 생각한다. 사회에서 소외된 사람이 극단적으로 나가서 죄를 짓고 사회에 대한 불만을 터트리는 일이 가끔씩 일어나고 있다.

　며칠 전에 한 40대 남성이 집에서 죽은 지 100일 만에 다른 사람에 알려지고.

　한국 사회가 얼마나 무정한지 보라!

❀연예인 자살

　안재환, 최진실

2008-10-25

한국인상33

✿쌀 직불금 사건

쌀값 하락으로부터 농업인의 소득안정을 보장하기 위한 보조금으로서 농민이 타야 하는데, 현실은 농민들은 대부분 남의 땅을 임대해서 농사를 짓기 때문에 타지 못하고 있다.

쉽게 말하면 농민이 타야할 돈을 지주가 타고 있는 것이다.

나라에서 못사는 농민들의 부담을 조금이나마 덜어주기 위해 주는 돈을, 땅을 가지고 있는 고위 공무원들까지 몰래 타고 있으니….

한동안 떠들썩했다.

❀순대는 가짜

　우리 동네에서는 돼지를 잡으면 순대를 만드는데, 창자에 피를 넣고 찹쌀을 넣는다.
　그런데 지금 한국에서 먹어본 건 전부 당면을 넣은 거다.
　찹쌀을 넣은 건 비싸서 사지 않기 때문에 안 만든다고 한다.
　전문 진짜 순대 파는 데도 있다는데 아직 못 봤다.

❀네일아트

　처음 보는 건데 손톱에 그림을 그려주고 돈을 번단다.
한국에서도 새로운 업종으로 많지는 않다.
여자애들이 많이 찾는다고 한다.

❀존엄사

　2008년 11월 28일에 한국에서 첫 존엄사 인정.
이전에는 안락사라 들었는데 처음 듣는 단어다.
살 희망이 15% 있는 식물인간의 인공호흡기를 떼서 그냥 죽게 했다.
윤리적 논란이 클 것이다.

❀눈뜨기가 무섭다

눈만 뜨면 또 일하러 가야 하고, 한국 생활은 전쟁과 같다.

경제위기로 한국인들의 생활은 점점 어려워지고 있다.

우리도 환율 때문에 절반은 망했다.

100만 원에 8,000원 넘게 바꿀 수 있는 돈이 이제는 4,800원밖에 안 된다.

2008-11-30

한국인상34

❀심령솔루션

TV에서 하는 프로그램이다.

어떤 사람이 정신 나간 증상이 있으면 무속인이나 법사 최면사, 기공사 등이 와서 그의 병을 고쳐준다는 거다.

무슨 빙의현상이 있고 하는데 그의 진실성은 알 수 없다.

사례자는 퇴마 후 잘 산다는 거도 있고, 어떤 거는 환자의 의지가 약해서 안 된다는 거도 있다.

또 영혼결혼식도 있고, 뭐 천도재라는 거도 있는데 전부 다 처음 보는 거다.

❀세계화 VS 문화침략

차를 닦다가 '빽미러' 말이 나왔는데, 부장님은 차 안에 있는 건 '룸미러'라 한다.

김삿갓 : 색경이라고 들어봤어요?

김 부장 : 몰라.

김삿갓 : 거울은 아시죠?

김 부장 : 그야 알지.

김삿갓 : 영어를 쓰는 게 억울하지 않아요?

김 부장 : 뭐가 억울해, 세계가 그렇게 되고 있는데 이건 세계화라 어쩔 수 없는 거여.

더 이상 말하지는 않았다.

사실 한국 사람은 문화침략을 당하고 있는 것이다.

그러나 누구도 이런 단어를 쓰지 않거니와 그런 느낌마저 없는 것 같다.

마치 개구리가 가마 안에서 처음에 찬물에 천천히 불을 때면 그냥 죽을 때까지 안 나온다는 것처럼 사람들도 감각을 이미 잃었다.

김삿갓 : 아저씨, 왜 장부를 적는데 점을 천의 자리에 찍는지 아세요?

국산 아저씨 : 그거야 통계할 때 회계들한테 그런 규정이 있겠지.

김삿갓 : 우리는 만의 자리에 점을 찍어야 편한데 천의 자리에 찍는 건, 영어하는 사람들 때문입니다. 그 사람들은 만이 없고 천 다음엔 10천, 100천, 이렇게 숫자를 세요.

국산 아저씨 : 아냐, 어디 그럴 수가 있어?

김삿갓 : 그럼 영어로 할아버지를 어떻게 부르는지 아세요? 위대한 아버지가 할아버지랍니다. ㅎㅎ.

국산 아저씨 : 내 앞에서 뻥 치지 마.

나중에 사모님한테서 영어가 인정이 되고, 사장님한테 점찍는 걸 물어보니 문화침략이라고 생각한단다.

김삿갓 : 영어권이 전 세계를 지배하고 있으니, 어쩔 수 없는 현실이다. 공간과 시간, 모든 분야에 그들의 흔적이 있고 그들의 손길이 뻗어가고 있다.

런던의 그리니치 천문대의 트랜싯 중앙을 지나는 자오선을 본초자오선으로 정하고, 그 본초자오선을 경도의 기준점 0도로 사용하고, 시간은 예수기원을 쓰고.

들은말 : '80년대 교실에서 90년대 선생이 2000년대 학생을 가르친다.'

2008-12-27

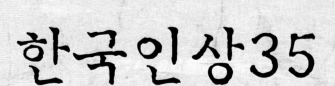

한국인상35

✿업종

제일 가고 싶은 회사 : 삼성전자

제일 관심 가지는 사람들 : 연예인들

제일 파워 있는 직업 : 검찰

제일 선호하고 욕을 제일 많이 먹는 직업 : 대통령

✿집

내 집, 전세, 월세, 고시원, 교회, 노숙(지하철).
 한국에는 내 집에서 사는 사람은 얼마 없고 절반 이상이 남의 집
에서 산다.

지금은 경제가 어려워서 겨울에 보일러 못 때는 그런 사람들도 많다고 한다.

❀돈나성

돈 : 돈이 제일 중요하다. 사람보다도 중요하다. 돈의 중요성은 모든 사람, 모든 이념을 초월한다. 내가 지금까지 한국에서 제일 느낀 점이다.

나 : 나만 잘살면 된다. 뭐 나라요, 민족이요, 형제요, 다 나하고 상관없다. 내가 못살면 누구도 사람 취급 안 한다. 누가 잘살면 나한테 덕이 되나?

성 : 밥 먹는 거 외에는, 가서 이거나 해라! 남자는 여자를 찾고, 여자는 남자를 찾고. 한국 사회에서 가르치는 건 바로 이거다. 이렇게 살아야 똑똑하고 값이 있고, 이렇게 안 살면 멍청하고, 이상하고. 한국 사람의 95% 이상이 아마 이렇게 사는 것 같다.

그러니 한국 사람 이름은 '돈나성' 이다.

❀보살

어떤 프로그램에 선녀보살이 나와서 어떤 폐가에 영가가 있고 어쩌고 한다.

불교의 영향이라 봐야 하는지, 아니면 미신이라고 봐야 하는지.

나는 한 번도 그런 일을 못 겪었으니 잘 모르겠다.

❀예언가

어떤 프로그램을 봤는데, 세 명의 예언가가 나온다.

석불스님의 말씀 : 나훈아가 기자회견 후, 남대문, 숭례문이 탔다. 이준 열사가 히딩크 감독이 되어 한국을 4강으로 만들고.

임선정 님의 말씀 : 한국이 장차 통일해서 세계 16개국을 다스린다.

김정섭 님과 석불스님은 명년 경제가 하반 년부터 좋을 거라 예측했다.

그들은 천문학, 음양, 주역팔괘를 기초로 예언한다고 한다.

이미 맞는 여러 가지 예언이 있다고 하는데 진짜든 가짜든 재미는 있다.

2008-12-27

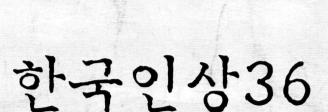

한국인상36

❀음악신동

'세상에 이런 일이'에서 정창현(11살)을 소개했다.

8살에 120여 곡 작곡.

천재 피아니스트.

❀고엽제

주유소에 '고엽제환자수송'이라고 쓴 차가 가끔 왔다.

기사한테 '고엽제'를 물어보니 모른다고 한다.

검색을 해봤더니 베트남전쟁 때 미국군이 고엽제라는 농약을 썼
는데 지금은 후유증이 많이 남았다고 한다.

고엽제는 화학무기로 취급된다.

베트남에서는 200만이 넘는 사람이 후유증으로 앓고, 한국참전용사도 똑같이 여러 가지 후유증이 생겼다고 한다.

처음 아는 일이다.

❀국회는 전쟁터

한국에서 국회라 하면 매일 떠들고 싸우고 하는 장면이 반복된다.

작년 12월에 싸우는 걸 봤는데 말이 아니네.

전기톱, 소화기, 망치 등 공구들이 등장해서 여야가 싸우는 걸 국민들은 어이없이 볼 수밖에 없었다.

미국에서는 '한국식 싸움판 민주주의'란다.

사실은 한나라당이 '합법적인' 독재를 실시하고 있다.

한나라당 의원 수가 많으니 손만 들면 다 통과될 수 있다.

그 제안이 국민들에게 이익이 되는지, 아니면 어떤 집단에 이익이 되는지 그야 나중에 보면 다 뻔한 거고.

❀국회의원

국회의원은 얼마나 좋은지 안 해본 사람은 모른다고 한다.

일 년에 한 6억은 수입이 된다고 하던데 국민들을 위해 뭔가 좀
하고 내려와야지.

❀국선도

한국에도 기공이라는 양생법이 있는 걸 처음 알았다.

태권도라 하면 다 들어봤겠는데 국선도 하면 아마 아는 사람이
별로 없을 거다.

국선도가 한국에서 이미 한 40년 전파가 되었다. 한국에서 최초
의 기공으로.

❀한용이네 슈퍼

정치인들이 많이 나오는 프로그램인데 참 재미있었다.

제일 처음 문국현 대표를 봤는데, MC와 얘기를 하는 장면을 보
면 어떻게 저렇게 대화를 나눌 수 있는지 궁금하다.

중국에서 아직 정치인하면 고급간부로서 앞에서 함부로 말을 할
수 없다. 민주주의가 좋긴 좋다.

❀아내가 결혼했다

연예인 부부가 서로 교환해서 사는 장면을 찍었는데, 다만 잠자리는 같이 안 하고 애까지 세 명이서 일상생활을 하는 장면이 나온다.

그들의 돈에 대한 이해라든지, 남녀 관계, 성적호기심 등등.

물론 돈을 버는 목적으로 저런 영화도 아닌, 그런 프로그램을 찍었겠지만. 한국 사회의 가정에 대한 전통적인 가치관은 점차 사라지고 있는 것이 현실이다.

한 50% 이상이 사라진 것 같다.

불륜이란 건 더 이상 비밀이 아니고 일상생활의 보편적인 현상이다.

도덕이 타락되고 방탕한 생활을 즐기는 한국 사람들.

여자들은 40이 넘어도 시집을 안 가고 자유를 즐기고, 남자는 아무리 열심히 일해도 장가가기가 힘들다. 어쩔 수 없는 현실이다.

2009-1-3

한국인상37

✽성명학

TV에서 봤는데 여러 가지 성명학이 있다.

성명학도 어떤 집안은 할아버지 때부터 연구하기 시작했는데, 한국 사람 이름을 한 20만 정도 통계까지 해서 이 학문에는 여러 가지 설이 있다.

1) 이름을 고치면 운명도 바꿀 수 있다.

2) 이름을 고치면 살도 빠진다.

3) 이름을 고치면 성격도 변한다.

❀ 스타킹

신동이 많이 나오는 프로그램인데 엄청 재미있다.

신동들은 노래와 춤, 그리고 악기를 잘 다루는 애들이 많았다.

어른들도 특별한 재주들을 가지고 나오는데 다른 데서는 보지 못했다.

호건이라는 아이를 봤는데 노래를 감정 있게 엄청 잘했다.

그리고 그 건달 모습을 하는 행동을 보면 진짜 어이가 없다.

또 한 여자애들은 가만히 있다가 노래를 부를 때마다 옷을 벗어 던진다.

그렇게 하면 인기가 올라간다고 들었는지······.

한국 애들이 빨리 때 이르게 성숙했다고 보아야 할까.

아니면 타락된 세상을 모방하는 걸 보면 노래가 인생의 전부라고 생각하는 걸까.

❀ 미네르바

인터넷에서 경제대통령으로 불렸다는 논객.

나는 이 사람이 잡혀서 뉴스에 나와서야 알았다.

혼자 독학을 해서 경제학을 통하고 독특한 견해를 내놔 사람들이 경제스타로 따르기까지 한다. 예언도 몇 번 맞았다고 한다.

법원은 요언을 퍼뜨려서 나라에 손실을 줬다 하고, 일부 야당들은 표현의 자유를 박탈했다 하고 한다.

점점 가면서 언론이 탄압되는 느낌이 든다.

미네르바는 아직 판결이 안 나왔다.

아마 죄가 성립되면 새로운 법도 나올 거다.

❀호스트바

여자들이 즐겨 찾는 곳이라 하는데 한국에도 남자 기생이 꽤 많은 모양이다.

❀999 대재앙

종교에 종말론이 있는데 요즘 또 말이 돈다.

2009년 9월 9일에 세계가 망한다고.

아직 떠들썩할 정도는 아닌데 이미 몇 명이 자살을 했다.

일부 회원들은 돈을 몇백만 원이나 투자를 하고 못 받는 사람도 있고.

2009-1-16

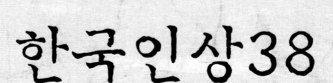

한국인상38

❀ 실종된 아이들

아이들이 소리 없이 자주 사라진다.
핸드폰 공익채널에 소식이 자주 날아오고.
잃어버리면 거의 못 찾는다.
애들을 훔쳐다 어떻게 하는지 알 수가 없다.
좀 더 완벽한 시스템을 갖춰서 실종사건이 없도록 방지해야 한다.

❀ 연예인 스폰

연예인도 몸을 판다는데 뭐 신기한 일은 아니겠지만 몸값도 등급을 나눠 천만에서 몇십억까지 계약까지 맺는다고 한다.

❀하나원

'국경의 남쪽'이란 영화를 봤는데 감동적이었다.

탈북자가 한국에 오면 하나원에서 잠시 살다가 교육을 받고 사회에 진출한다고 한다.

비극은 누가 만들었다고 봐야 하나?

역사? 역사인물? 어느 나라?

사람이 만든 건 분명한데.

❀주홍글씨

집안에서 일어나는 범죄를 많이 다룬 프로그램이다.

어떻게 보면 아닐 것 같은데 그중에 또 그럴만한 원인이 있기도 할 것이다.

한국의 교육수준이 높은 것 같지만, 인성교육은 좀처럼 못 따라가는 것이 현실이다.

2008-1-17

한국인상39

❀ 부도지

몇 년 전, 인터넷에서 조금 보고 놀랐다.

우리 민족에게도 성경과 비슷한 책이 있었구나!

이번에 김은수가 번역한 걸 한 벌 보았다.

우리 민족의 뿌리이자 동방문화의 시원이다.

백의민족의 일원이라면 누구나 한번쯤은 꼭 보아야 할 책이다.

파미르고원-천산-적석산- 태백산-백두산-(마니산-한라산).

우리 민족 역사의 흐름을 충분히 느낄 수 있다.

❀천부경

　81자로 된 천하제일경이다.
　환단시대로부터 내려오던 책이라, 〈삼일신고〉, 〈참전계경〉과 더불어 우리 역사에 빠질 수 없는 3대 경전이다.

❀낙원상가

　한국최대의 악기시장. 음악인의 낙원이다.

❀신사동 갤러리

　화가들의 세상. 각종 미술품이 이곳에서 팔려나간다.

❀서점

　종각에 가면 지하철역에 서울문고, 영풍문고가 있고, 1번 출구를 나가 조금만 가면 교보문고가 있다. 교보문고가 제일 크다고 한다.

❀여호와의 증인

기독교의 일종인데 집집마다 다니면서 전도한다.
뭐 때가 오기 전에 깨어 있어야 한다고!

❀2012년 종말론

12월 21일에 어떤 천문현상이 나타난다고 한다.
마야력을 근거로 이날에 한 우주기가 끝난다.
현재 가뭄은 이미 왔으나 더 큰 재앙이 올지는 미지수다.

2009-2-1

한국인상40

❀ 밸런타인데이

2월 14일 애인절.
여자가 남자한테 초콜릿을 선물한다.
며칠 사이에 7억을 팔았다고 한다.

❀ 추기경

천주교에서 높은 성직자.
한국에서는 김수환, 정진석 두 명 나왔다.

❀ 김수환 추기경

2월 16일에 세상을 떠났다.
장례기간 동안 이념과 종파를 초월하고 조문행렬이 40만을 초과했다.
국민장으로 종교인으로는 처음이다.
한국의 큰 어른이 돌아가셨다.

❀ 우산

여름 무더운 날씨에 한국 아줌마는 양산을 드는데, 아가씨는 안든다.
중국은 둘 다 드는데.
겨울에 눈이 오면 한국은 우산을 든다.
빨리 녹아서 그러겠지.
중국은 들지 않는데.

❀ 사건

강호순 살인사건

2009-3-8

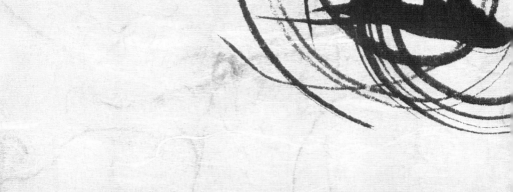

한국인상41

🌸한국 사회구조(주택)

1단 : 부자층 -고급빌라

　　　중산층 - 내 집

2단 : 서민층 - 전세, 월세

3단 : 최하층 - 고시원, 교회, 하우스, 지하철

　잘나가는 정치인, 연예인, 종교인, 회사 사장, 회장, 스타급 스포츠 선수 등이 부자에 속한다. 전에 들었는데 1조 이상 주식 부자가 7명, 천억 이상 주식 부자가 1,000명이 넘는다고 한다.

　중산층은 그냥 내 집(아파트)을 가지고 있으면서 안정된 직장, 안정된 생활을 하는 사람을 말한다. 전셋집에 살면서도 안정된 수입에 안정된 삶을 가졌다면 역시 중산층에 속한다.

　서민층은 다수에 속하는데, 대부분이 내 집 없이 산다.

　최하층은 밥 먹기 어려운 사람들이다.

고시원에서 한 달 살려면 10만 원, 교회에서 한 달 살려면 5만 원은 있어야 한다.

하우스에 사는 사람들은 올해 처음 발견했는데 농사를 짓는 사람도 있고 그냥 그렇게 사는 사람도 있다.

영등포 지하철에 저녁 11시 반쯤 가보면 한 50명 정도 노숙자가 살고 있다.

그 공간에 한 200명은 살 것 같다.

자주 쓰는 말 : 장난 아니야!

✿ 사건들

장자연 자살 (3월 시작, 4월 대충 끝)
박연차 회장 사건 (작년 말 시작, 아직도 한창)
노무현 사건 (4월 시작~)

2009-5-7

한국인상42

✿잘나간다는 것

　ZY(18세 남) : 걸레는 몇 가지가 있어요. 술을 같이 마시고 따라가고, 돈을 위해 따라가고, 가출을 해서 잘 데가 없어 따라가고, 오토바이 뒤에 타고 다니다가 따라가고, 남자가 잘나가는 것처럼 보이면 따라가고요.

　김삿갓 : 어떻게 해야 잘나가는 건데?

　ZY : 친구가 많고, 발이 넓고, 어디를 가도 봐주는 사람이 있고.

　김삿갓 : 싸움 잘하는 애는 잘나가는 건가?

　ZY : 지금은 잘나갈 수 있는데 커서는 그래도 공부 잘하는 애가 잘나가죠. 잘나간다 해서 꼭 잘 싸우는 건 아니죠.

　김삿갓 : 그럼 병신은?

　ZY : 같은 나이인데도 남이 시키는 일만 하고, 어디가도 잘 못 노는 애.

ZY는 일주일에 노래방을 4번 간다고 한다. 주유소에 와서 몇 번 돈을 훔치더니, 얼마 안 있다 떠났다. 치킨집에 가서 배달한다고.

❀ 보이스피싱(2)

"우체국 택배입니다. 물건이 도착했으니 와서 찾아가세요." 이런 식으로 전화가 온다. 그리고 어떻게 하는지, 돈을 지정한 통장으로 보내게 한다고 하는데 사기당하는 사람이 좀 이상하다. 새로운 사기수법이라 하는데.

❀ 신종플루

저번 달 멕시코에서 시작해서 전 세계가 난리다.
한국도 바짝 긴장하고.

2009-5-8

한국인상43

유흥업체들(1)

✽청량리 588

한국 최대 집창촌, 인터넷을 통해 알고 한 번 가봤다.

아가씨 : 오빠 이리와! 내 잘해!

아가씨 : 안경오빠 이리와. 내 잘해 줄게!

다 잘한대. 오래전에 비디오에 본 장면과 비슷했다. 얘기 들어보면 이전에는 길가는 사람을 막 끌어당겼는데 지금은 금지됐다고 한다. 손에 도장 비슷한 거 뭐 하나 들고 유리창에 톡톡 때리면서 말한다. 오라고.

골목이 여러 개 되는데 유리가 줄지어 있어, 마치 바닷가 돌 위에 조개들이 빼곡히 박힌 것만 같았다.

길머리에는 '청소년 통행금지' 라고 큰 글이 쓰여 있다.

유리 안에는 쭉쭉빵빵한 아가씨가 하나둘 있어, 길가는 손님을 보면 말도 하고, 손짓도 하고, 아니면 담배나 피우고.

손님이 들어서면 말 한마디 하고 안쪽으로 들어간다.

아가씨 : 15분에 7만 원요.

❀영등포

지하철역 맞은편 서쪽 골목.

규모가 청량리보다 작고 별다른 게 없다.

한 바퀴 돌고 왼쪽 큰길로 나오면 40대 좌우의 아줌마들이 서 있다.

길가는 남자만 보면 붙어서 한마디씩 하고.

큰길 옆 작은 골목 안에는 한 45세 된 여자들이 한 무리 앉아 있다.

남자가 지나가면 "자기야!" 하고 들어오라고 외친다.

마치 멧돼지들 같았다.

기생만 하다 늙은 여자들이었다.

이전에 어디서 봤는데 멕시코에 늙은 기생들은 정부에서 생활보조금을 준다던데.

가족들의 버림을 받고, 사회의 버림을 받고, 젊었을 때는 그나마 살만했을 텐데 늙었으니 참….

2009-5-10

한국인상44

유흥업체들(2)

2004년 '성매매 특별법'이 나오고부터 성매매시장이 많이 축소됐다고 한다. 한 10% 남았다 한다. 그렇다고 해서 없어지는 것이 아니라 여러 가지 형식으로 잠적하거나 변형되어서 새로운 모습으로 나타났다. 대신 요금도 많이 비싸지고.

서울 뒷골목 집창촌들은 하나하나 폐쇄하는 방향으로 가고 있다. 몇 년 사이에 거의 다 사라질 거다.

❁ 안마 시술소

한 시간 반에 16만 원.

한 시간 서비스 받고, 반시간 맹인 안마 받고.

맹인 아저씨 : 뭐 안마 시술소요? 사실은 아가씨 시술소지. 그냥 안마 한 가지만 하면 10명에 한 명밖에 안와요.

김삿갓 : 돈은 어떻게 분배하는가?

맹인 아저씨 : 8만 원은 아가씨가 갖고, 그중에 5천 원 정도는 국세청으로 가고, 우리 안마사는 2만 원 갖고, 나머지 6만 원으로 장사를 유지합니다. 아가씨나 안마사나 다 세율이 있어요. 세금을 국세청에 다른 명목으로 바치면서 일해요.

김삿갓 : 그럼 단속은 안 하는가?

맹인 아저씨 : 어쩌다 걸리는 경우가 있는데 그리 많지 않아요. 손님이 술 취해서 ~가 안 됐다고 경찰에 신고를 하면 손님하고 가게 둘 다 벌금을 몇백만 원 안죠.

김삿갓 : 아저씨도 서비스 받아봤어요?

맹인 아저씨 : 몇 번 해봤지.

김삿갓 : 이집에서요?

맹인 아저씨 : 다른 데에서. 한 집에서 하면 콩가루가 되지. 아가씨들 안마는 해드리지.

2009-5-10

한국인상45

유흥업체들(3)

호텔식 마사지 12만 원, 스포츠 마사지 11만 원, 남성전용 휴게텔 9만 원, 여대생 모텔마사지(대딸방) 7만 원, 키스방 4만 원, 노래방 2만 원, 다방 1만 원.

이외에 술집, 단란주점, 노래 빠 등이 있다.

결론은 그 가격에 그에 상당한 서비스를 받는다.

✸좆도

위치 : 울릉도와 독도 사이

주소 : '경상북도 성기군 만지면 성내리'인지, '벌리면 박으리'인지

분명하지 않다.

2009-5-25

한국인상46

❁ 주유소

한국에 주유소가 만 개가 넘는데, 임시 돈 벌기에는 제일 좋은 곳이다.

주유소에서 손님이 하는 일은 기름 넣고, 세차하고, 카센타에서 차 수리하고, 쓰레기 버리고, 길 물어보고, 화장실 가고….

한국에서는 하등 직업이다.

뭔가 하다가 실패한 사람, 능력이 없는 사람, 힘이 없는 사람, 학생들.

하여튼 존중받지 못하는 직업은 분명하다.

❀등산, 낚시, 야구

등산은 한국 사람의 생활의 일부다.

여러 가지 산악회도 많고.

저번에 TV에서 보니 오를 때는 다 같이 오르다가 내려올 때는 둘씩 내려온단다.

그리고 산 밑의 노래방은 유일하게 도우미가 없는 노래방이란다.

낚시도 일반적인 애호다.

우리와 달리 바다로 낚시를 많이 간다.

야구는 저번 두 번에 좋은 성적을 따내고 크게 인기가 올라 인기 종목으로 됐다.

프로야구는 거의 매일 볼 수 있고.

❀자살 사이트

저번 달인가, 어떤 사람이 자살사이트를 운영하고 몇몇이 모여 강원도 가서 자살한다고.

경제가 안 좋아서 별의 별 사람이 다 있다.

2009-6-3

한국인상47

✿노사모

노사모(NOSAMO)는 '노무현을 사랑하는 사람들의 모임'의 줄임 말로서, 2000년 대한민국 최초의 정치인 팬클럽을 지향하며 만들어졌고 이후 시민 사회운동을 벌여나가고 있다.

✿국민장

5월 29일, 경복궁에서 '故 노무현 前 대통령 영결식'을 가졌다.
23일에 부엉이 바위에서 투신하여 7일 국민장을 하고, 수원 연화장에서 화장하고, 김해 봉화산 정토원에 안치, 49재 후 비석 세우고 마지막 안장.

500만 추모객이 찾았고, 수십만이 노란 풍선을 들고 국민장을 참
가했다.

자살했다는 소식을 듣고 깜짝 놀랐고 울컥했다.

정치보복을 당했다는 느낌이다.

❀ 성미산 마을

성산동에 '도심 속의 기적'이라는 마을.

'공동육아' 라는 개념으로 시작한 신형의 마을.

❀ 강석희

1953년생. 2008년 미국 캘리포니아주 어바인시 최초의 유색인 시장.

자주 쓰는 말 : 어이없어, 그치.

2009-6-3

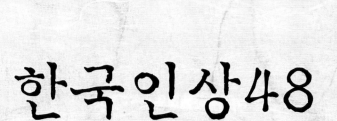

한국인상48

❀봉하마을을 찾아서

광명역에서 KTX를 타고 동대구에서 새마을 갈아타고 진영역에 도착했다.

KTX는 302km|h까지 달렸다. 한국 기차는 처음 타본다. 편안하고 조용했다.

진영에서 두 시간 기다렸다.

57번 타고 봉하마을에 도착했다.

버스에서 들은 말.

아줌마 : 대통령이 가니 (57번) 버스도 새 거로 바꾼다더니.

아줌마2 : 그거하고 대통령하고 무슨 상관인데?

진영의 거리에는 대통령을 추모하는 글들이 가끔씩 붙어 있었다.

봉하마을 입구부터는 노무현대통령을 추모하는 글들이 빼곡히 길옆을 장식했다.

마을에는 차들이 많이 주차장에 있었고 사람들도 분주했다.

분향소 앞에는 몇몇의 조문객들이 계속 이어졌다.

나도 방명록에 이름을 남기고 다른 조문객들과 같이 추모의 뜻을 했다.

분향소 옆으로부터는 현 정부와 이명박 대통령을 비판하는 글들이 몇십 장이나 광고식으로 늘어져 있었다.

노무현 사저로 가는 길은 밧줄로 막아 있었다.

전의경이 하나둘씩 멀리서 지켜보고 있었다.

빵집이 하나 있었는데 만 원에 한 세트씩 팔고 있었다.

직원들은 몇 명인데 아주 피곤해 보였다.

조문객들은 줄을 서서 계속 사고 있었다.

나도 하나 샀는데 맛있었다.

봉화산으로 가는 길에서 어느 아줌마가 얘기를 하고 있었다.

"경호원도 한나라당이다. 지금 이명박이 시나리오를…"

길옆에는 산딸기를 팔고 있었다. 딸기밭도 크고.

봉화산으로 오르기 전에 부엉이 바위가 제일 눈에 들어왔다.

동쪽으로는 사자바위가 있다 한다.

두 바위는 사람들이 접근 못하게 밧줄로 몇 번씩 막고, 전의경이 지키기도 했다.

마애불이 돌 틈에 누워 있었고, 샘물도 한 곳 있었다.

"이 좋은 곳을 놔두고 왜 가는데?"

어느 아줌마가 하는 얘기.

정토원이라는 절이 하나 있는데, 49재를 거기서 한다고 한다.

방명록도 있고, 오는 조문객을 위해 생수와 초코파이가 준비되었다.

우는 사람도 있고, 자원봉사자로 남는 사람도 있었다.

봉화산 위에는 호미를 든 관음상이 하나 크게 있었다.

토끼를 한 마리 보았다.

산은 언제 한 번 탄 흔적이 있었다.

마을 앞에는 논이 있어 농사를 할 수 있고, 마을 바로 뒤에는 산이 있어 산책도 하고 양생하기 좋은 곳이다.

그저 교통 하나가 좀 불편하다.

노무현 대통령을 찬양하는 글들이 산에도 붙어 있고 마을에도 붙어 있었다.

이 작은 보통 산골마을에서 대통령 나온 거도 대단한 거다.

마을에 또 한 곳은 대통령 홍보실이 있었다.

대통령 시절에 입었던 옷들이 전시되어 있고, 사진들이 연대별로 붙어 있었다.

조문객들의 추모하는 글도 사방에 붙어 있었다.

대통령이라 해서 우리와 거리가 멀다는 느낌이 없었다.

맞다. 노무현은 그냥 평민 대통령이었다.

2009-6-18

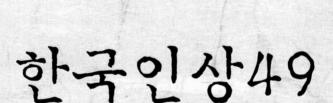

한국인상49

제주여행(1)

6월 4일

봉하마을 봉화산을 몇 시간 두루 보고 저녁에 부산에 도착했다.
제주도 가는 배는 하루에 한 번 있었다.

6월 5일

저녁 7시에 설봉호를 타고 제주도를 향했다.
배는 처음 타는데, 생각보다 많이 안정적이었다.
3등 객실은 잔칫집마냥 분주했다.
배 안에는 술집, 노래방, 뷔페, 게임 등 시설이 있었다.

6월 6일

아침 6시에 제주도에 도착했다.

배는 부산에서 11시간이나 탔다.

'혼자옵서, 하영봅서, 쉬영갑서예.'

제주도 사투리가 눈에 보였다.

모텔에서 한잠 자고, 오후에는 한림공원을 보기로 했다.

버스를 타고 가는데 돌이 제일 많이 보였다.

집과 집 사이는 돌을 하나하나 쌓아서 경계를 이루고, 그리고 소나무가 제일 많이 보였다.

제주도 사람은 조용했다.

시외터미널에서 딱 한 시간 되니 한림공원에 도착했다.

옆에 해수욕장도 하나 있었다.

공원에서 몇 시간 돌았는데 아주 좋은 추억이라 생각한다.

값이 있는 볼거리다.

아열대식물원에서 민속마을도 있고 8경이 다 마음에 들었다.

2009-6-18

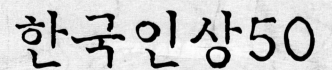

한국인상50

제주여행(2)

한림공원을 보고나니 저녁이 되었다.

어느 음식점에서 제주산 흑돼지 일 인분을 먹었다.

내일은 성 박물관을 목표로 하니 화순리에 민박집에 자리를 잡았다.

버스는 21:00이 넘으면 거의 없었다.

그리고 신용카드는 교통카드로 사용이 안 된다.

제주도 전용교통카드가 따로 있는데, 서울 거는 되는지 모르겠다.

❋건강과 성 박물관(6월 7일)

점심 먹고 10여 분 걸으니 '건강과 성 박물관'에 도착했다.

예술적인 조각들이 한눈에 들어왔다.

인류와 성에 관한 역사,

전시관 안에는 여러 가지 형식으로 인간이 성에 대한 호기심, 취향, 인식, 표현의 종류 등, 성에 관한 모든 것을 예술적으로 노출하고 있었다.

역시 볼만하다.

성 박물관을 떠나서는 남원에 도착했다.

서귀포시에 속하는데, 제주도 월드컵 경기장이 있었다.

한 바퀴 돌아보고 남원리에 도착했다.

신영영화 박물관이 있었다.

영화에 관한 역사, 제작과정 등이 있었는데 나는 별로 흥취가 없었다.

관광객도 별로 없었고 무슨 입체영화를 하나 보고 갈 거라고 생각했는데 그냥 생각뿐이었다.

✿올레

큰 길에서 집까지 이르는 골목을 의미하는 제주도 사투리다.
박물관 뒤에는 올레길이 있었다.
해변을 따라 만든 걷기 편한 골목길이다.
관광객들이 하나둘씩 걸으면서 바다와 자연을 만끽하고 있었다.

✿신제주

하루가 또 다 되고 버스를 타고 제주시로 향했다.
택시를 타고 신제주 번화가로 갔다.
기사는 제원4로에서 내려줬다.
이곳이 신제주에서 제일 번화한 곳이라고, 말하자면 서울의 강남
이라나.
그런데 내가 사는 광명보다도 못한 것 같다.
철산 상업지구하고도 비교가 안 된다.
제주를 구제주, 신제주 하는데, 신제주는 새로 발전됐다는 곳이다.
제주도가 생각보다는 낙후하다.
좋은 건 자연환경이 좋고, 깨끗하고, 공기가 맑고.

2009-6-19

한국인상51

제주여행(3)

✿ 한라산

아침 6시에 시외터미널에서 성판악 가는 버스가 있었다.

516번 타고 40분을 가니 성판악 휴게소에 도착했다.

김밥 한 줄 사먹고 어느 아저씨와 출발을 했다.

오늘은 남한에서 제일 높은 산, 한라산이 목표다.

안개가 많았고 약간 추웠다.

7시에 출발해서 10시 21분에 정상에 올랐다.

3시간 21분에 성공했다.

처음에는 기찻길을 걷는 느낌이다.

자갈이 있었고, 몇 미터에 나무가 하나씩 있었고, 양쪽에는 그냥
나무들이 빼곡히 자라고 있었다.

해발 1400m부터 가파르기 시작하고 산이라는 느낌이 들었다.

중간에 휴게소가 두 개 있고, 샘도 두 개 있었다.

어느 순간에 뒤로 보니 구름이 둥둥 떠 있었다.

이때 비로소 내가 산에 오른 보람이 있구나, 하고 느껴졌다.

❀백록담

산 정상에는 큰 구덩이가 있었다.

신선들이 하얀 노루를 타고 놀던 곳이라 하여 백록담이라 이름 지었다고 한다.

우리 양어장하고 비슷한 느낌이었다.

한 20분 쉬고 간식도 다 먹어버리고 사진도 찍고.

헬기 하나가 가끔씩 산 주위를 돌았다.

10:42에 하산 시작, 관음사 코스로.

14:29에 관음사 휴게소 도착.

성판악 코스는 9.6km, 관음사 코스는 8.7km.

내려갈 때 한 3km 남았을 때, 다리가 아프기 시작했다.

오를 때는 힘들었고, 내릴 때는 위험했다.

가끔 노동자들이 일하는 모습이 보였다.

등산객은 몇십 명 정도였는데 아주 우호적이었다.

많은 사람들이 지나가면서 "반갑습니다." 하고 인사를 하였다.

나도 "수고하세요." 했다.

내려가면서 3명과 같이 한참 얘기하면서 갔다.

그중 한 아주머니가 나에게 출세했다고 한다.

왜냐하면 토종 제주도 사람도 백록담에 못 가본 사람이 많은데 중국에서 와서 가봤다는 게 대단하다는 거다.

군대도 하나 보았는데 우호적이었다.

(오르면서 소리는 났는데 노루는 못 봤다.)

관음사 휴게소에 도착했을 때 다리가 무척 아팠다.

오늘은 이미 성공하고 쉬야겠다는 생각밖에 없었다.

산 정상까지 가기 힘들 거라 걱정했는데 그래도 순조롭게 올랐다.

나는 1950m를 정복했다,

한국의 최고봉을 올랐다는 느낌이 좋았다.

보통 10시간 걸리는데 나는 7시간 8분에 완성했다.

2009-6-19

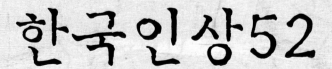

한국인상52

❀ 퀸메리호(6월 9일)

아침에 일어나려니 다리가 엄청 아팠다.

이제는 집으로 가야 되겠다는 생각이다.

제주항에 도착하니 16:50에 목포 가는 배가 있었다.

특산물을 좀 사고 퀸메리호에 몸을 실었다.

설봉호보다는 좋았다.

공간도 크고, 3등 객실도 정원이 45명이었다. 설봉호는 90명인데.

퀸메리호는 베개가 없었다.

미국 영주권자를 한 분 만나 얘기를 좀 나눴는데 미국이 있어서
이만큼이라도 산다고, 요즘 젊은 사람들이 미국을 많이 욕하는데,
안 맞다고 한다.

5시간 타고 목포에 도착.

모텔 하나 찾아 또 자야 하고.

TV에는 상생방송이 있었는데, 이곳은 증산도가 영향이 큰 거 같다.

✿목포에서 광명으로(6월 10일)

목포역에서 11:10에 KTX 를 타고 광명으로 향했다.
서대전에서 한 번 갈아타고.
일주일 여행을 마쳤다.

2009-6-19

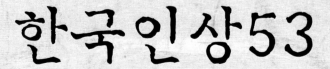

한국인상53

🌸 단군성전을 찾아서

6월 25일, 신촌에서 강화도로 떠났다. 1시간 반 정도였다.

마니산은 전국 제일의 생기처라 한다. 관광객은 주로 건강을 위해 이곳을 찾았다.

오후 한시쯤 단군성전에 도착했다.

한 아줌마는 기도를 하고 있었다.

중간에 환웅천황을 모시고 좌우에 단군왕검, 치우천황 등 역사의 중요한 인물이 있었다.

남, 동, 서에 합계 24인을 모시고 있었다. 이 건물은 '대시전'이라 하고 '커발한 개천각' 이라고도 하는데 설립한 사람은 이유립이다.

궁금한 건 왕건은 빠졌고, 금나라 건국자 아골타는 우리 민족이 맞는가 하는 것이다.

나는 사진도 찍고 동영상도 찍었다.

이 아줌마는 나가고 또 다른 아줌마가 들어와서 기도하였다. 천부경을 외웠다. 처음 보는 광경이었다.

아마 신자는 별로 없는 것 같다.

제사상 위에는 쌀도 몇 포대 있고, 만 원권도 놓여 있고, 기도하고 제물도 바치고, 돈도 바치고, 소원성취를 원하는 사람의 이름도 있었다.

성전 동쪽으로는 산신각이 있고, 생수 마시는 곳에는 용왕이라 모시고 한 무속인이 방울을 흔들며 뭘 하고 있었다.

몇몇이 공사를 하느라 바쁜데, 한 분이 나와 얘기를 오래 나눴다.

그분은 10년을 이곳에 있었다 한다.

참 우리의 신앙은 사라지고 불교, 기독교 등등 외래 신들은 아직도 잘나간다. 제일 가슴 아픈 일이다. 경제 살리기가 중요하지만 역사를 바로잡고 우리의 정체성을 지키는 게 더 중요하다.

그 분 얘기를 들으면, 그래도 요즘은 단군신화에서 단군역사로 많이 바뀌었다고 한다.

15:40, 정상에 올랐다. 참성단은 문을 닫고, 일 년에 몇 번 정도 개방한다고 광고판을 붙여 놨다. 단계가 얼마나 가파른지 진짜 하늘을 오르는 것만 같았다.

마니산은 엄청 위험하다. 돌도 많고 위에 부분은 험하다. 함허동천 코스로 내려가다 죽을 고생을 했다. 정수사도 한번 돌아보았다.

마니산은 좋은 곳이다. 샘물도 조용히 흐르고, 산 좋고 물 좋고 공기도 좋고 우리 민족의 시조 단군왕검이 하늘에 제사를 지내던 곳이다.

2009-6-29

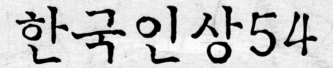

한국인상54

❀ 설악산(7월 2일)

고속버스 터미널에서 서울속초행을 타고 강원도로 떠났다.

문막 휴게소에서 중간에 15분 쉬었다.

강원도는 온통 산이다.

속초는 아주 작았다. 교통카드도 없고.

설악산 가는 길에 '하늘에서 내린 숨 쉬는 땅, 강원도' 라는 글귀
가 몇 번 보였다.

비가 와서 설악산은 안개로 덮였다.

케이블카를 처음 타고, 5분 거리에 있는 권금성에 도착했다.

산봉우리는 큰 바위가 노출되어 멋있었다.

동남아 손님이 많았다.

다람쥐가 많았는데 사람을 무서워하지 않는다. 뭐 먹이를 줄까
해서 옆에 오곤 했다.

❀권금성

 권 씨와 김 씨 두 장사가 하루 만에 쌓았다는 성은 그 흔적을 찾
아보기 힘들었다.
 내려갈 때 직원들은 어느 정도의 흔적이 있다는데, 난 아쉽게 보
지 못했다.
 그냥 안개, 바위, 절벽이 전부였다.
 케이블카를 타고 두 곳을 볼 수 있다.
 위로 200m 가면 권금성, 내려 100m 가면 절이 하나 있다.

❀신흥사(7월 3일)

 설악동 C지구의 모텔에서 하루 잤는데 시설이 안 좋다.
 시내에서 자리를 잡아야 한다.
 아침에 많이 걸었다. 소공원까지.
 공기가 참 좋고, 옆에는 시냇물이 졸졸 흘렀다.
 산에는 안개가 물물 아지랑이처럼 피어올랐다.
 자연경관이 참 멋있다.
 신흥사에서 통일부처님을 보았다. 기도를 좀 했다.
 절의 화장실은 이름이 해우소다.
 절은 여러 개 있고, 산신각도 하나 있었다.
 소나무가 특별히 많았다. 자연산이고 전쟁의 상처를 받지 않아

보존이 잘되어 있었다.

흔들바위가 하나 있는데 흔들리는 모습은 못 봤다. 정해진 위치에서 흔들어주면 다른 사람이 흔들리는 걸 볼 수 있단다.

삼성각에서 나오는지 스님의 귀맛 좋은 경 읽는 소리가 들려왔다. 참 듣기 좋았다.

❁ 울산바위

해발 873m, 둘레가 약 4km 된다는데 생각보다 훨씬 크고, 오르는 것도 아주 위험했다.

비가 와서 미끄러지기도 했다.

11:07에 울산바위 정상에 올랐다.

산악구조대 한 명이 위에서 지키고 있었다.

안개가 너무 많이 끼어서 주위는 하얗고 산의 먼 곳을 볼 수 없었다.

날짜를 잘못 선택했다.

산을 내릴 때 비가 약간씩 오고….

시내 오니 택시기사 말로는 산에는 비가 와도 시내는 내리지 않았다고 한다.

기후 차이가 심하고, 온도도 20도씩 차이 날 때도 있다고도 한다.

❊ 척산 온천휴양촌

3번 버스를 기다려도 오지 않았다.

뭐 반 시간 넘어야 하나 온다는데, 교통 사정이 안 좋다.

할 수 없이 택시를 타고 갔다.

온천욕은 처음 해보는데 참 좋다.

탕이 8개, 건식, 황토 사우나방 두 개.

집에 와서 지도를 보니 서울에서 속초를 가는데, 수원, 용인, 원주, 강릉으로 한 바퀴를 빙빙 돌았다. 그래서 4시간이나 걸렸던 것이다.

그래서 길옆에 200만 강원 도민 다 죽는다고, 서울-춘천-속초 철도 빨리 해야 한다는 현수막이 붙어 있었나 보다.

철도가 되면 한 시간 반쯤이면 될 거 같다.

아직 속초는 몇 년 더 발전해야 한다. 교통, 숙박시설 등 모든 면에서 안 좋다.

나는 이틀에 설악산 정상도 오르고 구경을 마치려 했는데, 울산바위에서 시간을 많이 차지하는 걸 몰랐다. 설악산을 보려면 좋은 날씨에 3일은 잡아야 한다. 정상은 다음에 올라야겠다.

2009-7-6

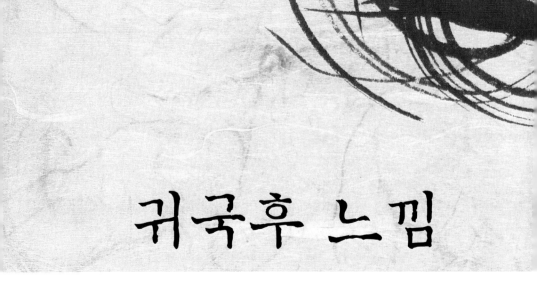

귀국후 느낌

거멓다
한국에서 2년넘게 있었다.
7월 23일에 돌아왔다.
할빈공항에 내리면 거멓다고 하더니
아마 날씨가 흐려서 그렇지 않나 싶다.

구름
구름이 참 보기 좋았다.
소캐뭉치처럼 둥둥 떠있는 모습이
참 좋았다.한국에는 이런 구름이 없다.
공기도 한없이 좋고.

화장실
할빈뻐스역에서 화장실을 한번 들렀더니

완전히 미칠지경이였다.
공공장소의 화장실은 깨끗한게 거의 없었다.

먼지
나의 고향 경안에 오니 ,
바람만 불면 먼지가 찾아왔다.

교통질서
사람들이 신호등을 보지않고
제맘대로 걸어갔다.
질서는 아예 없었다.

먹는거
먹는거는 중식이라 기름이 많고
맛이 좋았다.

별
우리고향에서는 총총한 별들을
마음껏 볼수있다.
한국에는 별이 좋은 날씨에야
겨우 몇개밖에 없다.

인심
동네는 그래도 아직은 인심이

후하다.집집마다 채소들을
조금씩 가져오고.
나도 고기를 잡아 집집마다 나눠
줬다.

TV
tv는 아예 재미없고
이틀은 완전히 적응안되고
실망이 였다.
한달지나니 지금은 괜찮다.

2009-9-16

권금성1

권금성2

단군성전

참성단

성박물관1

성박물관2

안동권씨 회관

봉화마을에서

울산바위

설악산

한림공원1

한림공원2